往亲路
通父之

叶兆言 著

译林出版社

图书在版编目（CIP）数据

通往父亲之路／叶兆言著．—南京：译林出版社，2022.1
(叶兆言经典作品)
ISBN 978-7-5447-8831-1

I.①通… II.①叶… III.①中篇小说 - 中国 - 当代 IV.①I247.5

中国版本图书馆 CIP 数据核字（2021）第 175352 号

通往父亲之路　叶兆言／著

责任编辑　焦亚坤
装帧设计　一千遍
插　　图　赵　蘅
校　　对　戴小娥　孙玉兰
责任印制　颜　亮

出版发行　译林出版社
地　　址　南京市湖南路 1 号 A 楼
邮　　箱　yilin@yilin.com
网　　址　www.yilin.com
市场热线　025-86633278
排　　版　南京展望文化发展有限公司
印　　刷　南京爱德印刷有限公司
开　　本　787毫米 ×1092毫米 1/32
印　　张　5.625
插　　页　4
版　　次　2022 年 1 月第 1 版
印　　次　2022 年 1 月第 1 次印刷
书　　号　ISBN 978-7-5447-8831-1
定　　价　48.00 元

通往父亲的道路太漫长。

目录

张左

张左这名字，是他妈魏明韦给取的。魏明韦生下张左不久，赶上反右运动，她是女共产党员，解放前就参加革命的地下党，心直口快愤世嫉俗，大大咧咧地给上级领导提意见，说了些什么，结果被打成“右派”。送到农村去劳改一年，用张左外公魏仁的话来说，共产党专门治病救人，这一年的劳动改造，还是挺管用，魏明韦显然意识到了自己的错误，也开始改正错误，决心重新做人。但是张左的父亲张希夷，他的思想认识有问题，既不能谅解妻子犯的错误，觉得她不应该反党反社会主义，又在某些方面，仍然要比魏明韦的政治觉悟低，反正两个人经常说不到一起去，于是就离婚了。

魏明韦后来和一家军工厂的陆师傅结婚，婚后又生了三个孩子，两儿一女。这位陆师傅所在的工厂，“文革”前夕整体搬迁去四川，魏明韦带着她和陆师傅生的两个孩子也去了。张左自从懂事，到上大学，也就见过魏明韦三次，上小学时见过一次，外婆和外公过世，她赶过来奔丧，又各见过一次。他和母亲魏明韦的关系，完全可以用陌生来形容，她好像从来就不知道要关心这个儿子，对他的事不闻不问。张左对她也没什么印象，或者说没好感。

张左自小与外公外婆一起生活，自小他就知道，母亲和另外一位叔叔住在一起，父亲和另外一个阿姨住在一起。这是一种非常奇怪的感觉，母亲还有别的孩子，父亲也有别的孩子，他们都有他们自己的生活。和张左同学的父母不一样，张希夷和魏明韦都无暇顾及张左的生活，他们完全忽视了他的存在。张左知道自己和他那些同学家庭不一样，作为人之子，张左也有母亲，张左也有父亲，很多年里，有和没有差不多，有跟没有一样，他觉得自己天生就是个孤儿。

小学五年级的时候，学校里写作文，让同学们把自己心里最想说的话写出来，献给最伟大的领袖毛主席。张左用心写了一篇作文，作文的题目是当时最流行的一首歌曲，《爹亲娘亲不如毛主席亲》。张左写得非常投入，老师的批语是“情真意切，文字流畅”，给他打了一个全班的最高分。这篇作文也成为全年级的优秀范文，抄在黑板报上，张左因此大出风头，几乎可以用轰动来形容。其实大家能够叫好，不只是作文内容，还有张左的一手好字。

张左外公魏仁的书法在当地很有名气，上世纪九十年代开始，收藏名家书法变得时髦，魏仁的字陡然升值，行情大涨。南京一些书法家，谈起师承，都喜欢说自己受过张左外公影响，或标榜入门学生，或自称私淑弟子。然而这都是后话，事实上，在张左记忆中，过去的很多年里，并没太多的人来向外公请教毛笔字。外公喜欢教人写字，他一手好字无处发挥，便督促还是小学生的张左练字，让他每天必须临写颜真卿的《多宝塔碑》，开始一天一张，后来便是一天三张。当时这么做，也不是觉得未来有什么用，只是不想让张左出去闯祸，那段时间武斗很厉害，外面的世界太乱了。

能写毛笔字，用粉笔直接在黑板上写，自然也就可以写好。语文老师知道张左的字好，让他将自己

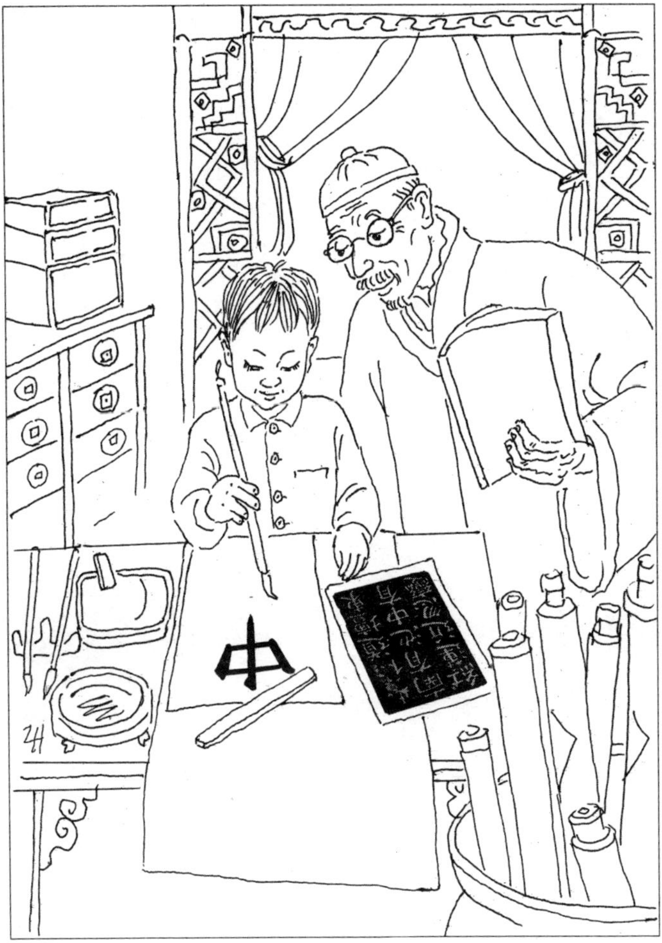

外公教张左练习书法

那篇作文抄在学校的黑板报上。黑板报位于学校的大门口，非常显眼，每一期新黑板报出来，都会有很多同学围着看，尤其是女生，三个一群，五个一伙，站在黑板报前评头论足。张左仿佛听见她们在夸他，在夸他的作文写得好，夸他的字写得好。记忆中，那是张左小学时最光辉的日子，他那篇作文很长，将近五六米长的黑板都被写满了。

正好文教部门的军代表到学校视察工作，负责接待的工宣队曲师傅，笑容满面地领着军代表参观新挖好的防空洞。军代表皱着眉头看了，一言不发，然后去参观食堂，临走时，对校门口的黑板报产生了浓厚兴趣，看了又看，问曲师傅是谁写的。曲师傅说是同学的作文，军代表说知道这是作文，我问是谁写的，这个字谁写的，这字很不错。军代表是“文革”期间文教系统最高领导，工宣队差不多就是学校的最高领导，曲师傅是工宣队队长，一时回答不了，他也弄不清是谁写的，立刻派人去问。很快有答案，五年级的张左的作文，黑板报上那粉笔字，也是他写的。

军代表提出要见见这个学生，于是把正在上课的张左叫了出来。军代表笑着问他，这是你写的，真是你写的。张左不明白这位穿着军装的人为什么会这样问自己，怯怯地点点头。军代表说我是说这字也是你写的，你竟然能写这么漂亮的粉笔字。张左又点点头，这时候有人递了一截粉笔给他，军代表还是有些不相信，说你再写几个字我看看。张左接过粉笔，想了想，见黑板报上没地方可写，便在水泥地上把那篇作文的题目，又写了一遍：

爹亲娘亲不如毛主席亲。

军代表据说还是个战斗英雄，抗美援朝时受过伤，一条腿被打折了，有块弹片镶在骨头里没取出来。他是个书法爱好者，平时最大乐趣，就是临帖，对颜字尤其入迷，显然懂得字的好坏，说看不出你小小年纪，写这么一手好字，谁教你的，功夫挺深呀，你爸爸妈妈是干什么的。张左一时不知道应该怎么回答，曲师傅说问你话，为什么不回答。张左想了想，说跟我外公学的，外公天天教我写字。军代表说你外公的字一定很好，张左点点头，说外公天天都要写毛笔字。军代表就对曲师傅说，看见没有，为什么这个小同学字写得好，原因是要天天练习。

陪同军代表视察的工作人员掏出小本子，将军代表的话记了下来，同时关照曲师傅，立刻派人抄一份这篇作文。曲师傅当场布置下去，让语文老师执行。最后这篇作文不仅送到了文教委，还在当地报纸上发表了。这一下，影响非同小可，平时在学校并不怎么起眼的张左，顿时成了全校著名人物，成了活学活用毛泽东思想的先进分子，被安排到各个班级去做先进人物演讲。具体说了些什么，他很快就忘了，形式大于内容，也就是到各个班上去做做样子，把自己的作文照本宣科念一遍，然后再简单说说自己是怎么想的，这个怎么想，完全胡说八道，都是当时的套话，也不知从哪抄来的，讲了跟没讲一样。

*

张左的同学胡大军，成了他的作文受害者。胡大军私底下询问张左写好作文的秘密，他说我知道你也是抄的，抄一点人家的文章，再加上一点自己的东西，就是不知道这自己编的故事，应该是占多少。胡大军后来成为一名作家，出过好几本书，喜欢写些情感类文字，经常被《读者》选载。在当时，他虽然是调皮捣蛋的孩子，可远比张左更有写作才华，是语文老师心目中的红人，经常被表扬，作文分数一直高于张左，因此心里很不服气。语文老师讲解张左的作文，夸赞得语无伦次，说写作文就要像张左一样，要有想象力，要大胆，要把自己的爱和恨，淋漓尽致地表达出来，说世界上最好的文章，无非是写出爱和恨。

张左写了自己对伟大领袖的挚爱，胡大军决定要和大家不一样，要独出心裁，要别出机杼。既然老师说过，好文章不是写爱就是写恨，他便选择了写恨，恨谁呢，当然是恨阶级敌人，当然是恨坏蛋。这个阶级敌人又是谁，这个坏蛋又是谁，不是别人，就是他自己的爹。胡大军父亲是国民党起义人员，过去只知道他是中国人民解放军，因为一直穿着解放军军装，在一所军事学校当教官，“文革”开始了，胡大军父亲被批斗，定性为反动军官，胡大军因此感到特别失落。正好为了一件不大不小的事，他那个当过反动军官的爹，竟然将他狠揍了一顿，于是他就把他爹写进了作文，把他爹狠狠地糟蹋了一通。

在胡大军那篇作文中，他爹罪大恶极，是一个反动军阀。胡大军编造了一个耸人听闻的故事，说他爹不仅血债累累，干尽坏事，而且在他们家阁楼上，还藏着秘密向苏联发报的电台。这个作文这么一写，不再是普通的作文，老师看了吓得不轻，立刻向工宣队汇报，工宣队又向派出所汇报。派出所领导对胡大军家情况有所了解，一看就知道是胡说八道，可是也不敢掉以轻心，不能不过问一下，便派人去胡大军家核实，发现他们家根本就没有阁楼。

*

张左最初的童年记忆，是胯下骑着一根竹竿，到巷口小卖部去取牛奶。当时还都是玻璃瓶，要拿着空瓶去，换上有牛奶的瓶子回来。外婆怕他打碎牛奶瓶，不让他去，他就一直闹，闹来闹去，外公嫌吵，外婆只好让步。牛奶是给张左外公喝的，只订一瓶奶，为了保证外公的营养，因为外公是这个家的支柱。外婆说牛奶不能给小孩子喝，小孩子喝了要拉肚子。外婆又说，张左妈妈小时候，那还是在抗战期间，在四川成都避难，外公经常把自己的牛奶省给魏明韦喝，那时候牛奶可不便宜，她几个哥哥也想喝，可是外公偏心，只给女儿喝。

张左母亲魏明韦是张家唯一的女儿，上面还有三个哥哥。外公最疼这小女儿，对三个儿子管教极严，动辄打，开口就骂，偏偏对魏明韦百依百顺。外婆对张左说起他母亲，最喜欢说的一句话，就是你那个妈呀，活生生地是让你外公给惯坏了。外婆最疼张左的小舅，对魏明韦总是有怨言，喜欢把不听老人言，吃苦在眼前挂在嘴上，说你妈这一辈子，要是肯听我的话，只要能听进去一点点，怎么也不会吃那么多的苦，受那么多的罪。

外婆有点重男轻女，她对小舅最照顾，经常偷偷地给小舅寄钱。大舅和二舅都在国外，具体在哪个国外，张左也弄不清楚。那年头，国外不是什么好词，不是帝国主义，就是资本主义，因此大舅二舅仿佛都不存在，多少年来全无音信。小舅在陕西宝鸡，外婆总说那地方苦，没有大米吃。张左上小学二年级，小舅全家来看外公外婆。那时候，只知道宝鸡很远，坐火车要几天几夜，小舅有个儿子比张左大一岁，外婆对这个孙子，远比对张左这个外孙好，有点什么好吃的，都留给了他。为这事，张左一直记在心上，觉得外婆不是很喜欢他。

外婆一直是和外公分房睡，张左记忆中，外婆和外公从没在一张床上睡过。直到小学二年级，张左才开始单独在小床上睡觉，这之前，他一直都是和外婆睡。外婆对张左总有点不冷不热，经常抱怨这抱怨那，她喜欢给张左讲故事，讲狐狸精和女鬼如何勾引人。外婆说，这些故事你听多了，长大就不会再怕女鬼，就不会受狐狸精诱惑。张左后来才知道，外婆床头柜上常放的那本书，是蒲松龄的《聊斋志异》，因为“斋”和“异”是繁体字，他很长时间不知道这是什么字。

外公家是一栋小楼，平时都住在楼下，楼上房子间很矮，大人站直了，一伸手可以摸到顶。小时候，外婆知道张左胆子小，让他一个人上去拿东西。楼上有个房间，里面放着好几个大樟木箱，张左常常怀疑那里面藏着人。夏天开始的时候，要晒霉，要把樟木箱里的东西，都搬出来暴晒。一晒就是好几天，家中立刻狼藉，乱成一团。他们家有个小晒台，到了日子，小晒台上琳琅满目，放满各式各样衣服，有些衣服的样式非常奇怪，只有电影上的人才会穿。

外婆年纪越来越大，到后来，晒霉基本上成了张左的事，老太太只是在一旁指挥，这个应该放那，那个应该怎么放。晒台太小了，张左就爬到房顶上去，在房顶上铺上报纸和凉席，这样一来，晒霉效率大大提升。外婆为了这个，不止一次夸张左，这是让她最满意的一件事，平时她很少表扬张左。对外婆来说，晒霉是一年中的大事，每年晒霉，外公和外婆都会有场口角之争，外公嫌麻烦，说她收藏了太多破烂，说她把钱都花在了这些破烂上。

外婆指挥张左在房顶晒霉

外公魏仁

外公魏仁在张左印象中，一直是个有点派头的老头。在家里，喜欢戴个很滑稽的瓜皮帽。电影上的地主老财才会戴那样的帽子，平时很少说话，不是戴着老花镜在看书，就是在写毛笔字。到了晚年，眼神不济，他更多的时候，是在听收音机。什么都听，新闻，评书，还有越剧和京剧。和外婆一样，外公很喜欢看戏，剧场里演样板戏，电影上放样板戏，只要有，都会去看。

张左对外公的生平所知很少，他们之间的交流并不多，事实上，虽然在一起生活，外公不怎么跟张左说话，他和外婆也没太多交流。外婆有一次对张左发牢骚，说你外公这一辈子就像地主，就是个不知道劳动的地主，年轻时是少爷，以后就是老爷，天生要人侍候，我呢，就是地主家的长工，年轻时是供他使唤的丫鬟，老了就是保姆一样的老妈子。嘴上虽这么抱怨，对外公仍然无微不至，穿什么衣服，喝什么茶，什么时候休息，每一样事情都要安排布置。

离外公家不远处，有一家信托商店，也就是旧货店。“文革”中抄家物资会放在这里寄卖，外婆喜欢去这里淘宝，家中有两个樟木箱就是在这买的。还有这样那样的绫罗绸缎，各式各样的金属餐具，奇形怪状的盘子杯子。外公常穿的那件紫红长袍睡衣，也是在这买的。当年在成都避难，外公在中央大学兼课，外婆和几位教授太太打麻将，有位西班牙留学回来的教授，经常会顶替太太打上几圈，他当时穿的就是这样一件丝绒睡衣，他太太说价格非常贵。

外婆从旧货店买回来的这件睡衣，只花了两块钱人民币。外公先是不肯穿，说死人穿过的，他不能穿。外婆说什么叫死人穿过，真要是从死人身上硬扒下来，那才叫死人穿的，这衣服干干净净，一看就没怎么穿过，搁在当年，得要花多少钱呀，花多少钱你都不一定能买到，我是一直都想给你买这么一件，你又有什么好讲究，家里穿穿多好，现在这件等于白送的。张左一直觉得戴着瓜皮帽，穿着紫红色丝绒睡衣的外公打扮太滑稽，再加上一副老花镜，显然与时代格格不入。不过外公似乎也喜欢这件睡衣，很快习惯了，天天都神气十足地穿着它。

不管天气如何，冷或热，只要是出门，外公必定是穿那件非常古板的中山装，上衣口袋必定要插上一支钢笔。张左印象中，外公除了看样板戏，几乎不出门。外婆说外公年轻时，穿衣服相当讲究，很挑剔的，不照镜子不出门。外公的爷爷开丝绸坊，城南有一爿很不错的门面，太平天国时遭到破坏，以后又东山再起，不仅恢复了往日的门面，还在上海开过一家分店。外公小时候确实是个少爷，不愁吃不愁穿，他开始读书识字之际，科举取消了，因此，虽然出生在晚清，上的却是新式学堂。

张左对于外公的故事所知甚少，他老人家有记日记的习惯，他的日记都是用毛笔书写，是繁体字，经常都是草书，而且还是竖着写的，看上去有些像日文，张左看不太明白。大学毕业，张左自学过一年日语，断断续续，学了最基础的发音，几句简单的对话，最后也就跟没学差不多。张左发现自己对外公的了解，也就和他对日语的掌握差不多。外公的生活十分单调，除了写字，就是看书，除了看书，就是写字。

到最后几年，不仅要戴老花镜，无论看书还是写字，还要借助放大镜。写字桌上全是书，书太多了，外公从来不在写字桌上写字，是在一张茶几一样的小桌上写。张左记得小时候，外公就是让他站在这张小茶几前临帖。茶几太小，外公平时很少写大字，偶尔要写，也是在吃饭的方桌上写，铺上几张旧报纸。不像后来那些书法家，字写得好不好，都会有张豪华气派的大写字桌，铺上白的或黑的毛毡。在张左记忆中，外公从没用过毛毡，他写字总是很随意，有时也会让张左为他磨墨，为他牵纸，张左不会想到，外公随手写下的这些字，以后会非常值钱。

*

张左外公说起来也算上过大学，也是大学生，只是没毕业，没拿到毕业文凭。教会大学的农学院畜牧系，学着学着，觉得没意思，不再继续读下去。作为一名有钱人家的公子哥，外公不愿意继承家业，对做生意毫无兴趣。上个世纪初，有钱人家都相信教育救国，出资办学很时髦，外公家也曾投过银子，不过这钱都打了水漂，好在外公得到历练，由最基础的教员开始做起，从小学教员，渐渐做到了中学校长。

南京国民政府时期，外公是一所国立中学的代理校长。那年头，中学校长必须要有点学问才行，要货真价实，外公的英文比专职的英文教师好，国文比专职的国文教师好，用外婆的话来说就是，你外公年轻时，真是神气得不得了。在外公房间，有一个大镜框，里面放着大大小小的照片，外公外婆的结婚照，外公穿着西装，打着领带，外婆披着白色婚纱。外公年轻时真潇洒，外婆年轻时真漂亮。

外公和外婆的结婚照下面，还有他们夫妇与孩子的合影。照片上张左母亲魏明韦还在襁褓中，无法想象这个婴儿就是他妈。魏明韦与外婆很像，脸型和眼神都像，结婚照上的外婆与张左母亲就像是同一个人。尽管很相似，张左并没感到一种亲切感，心里没有一点涟漪，外婆曾经问过张左，想不想你妈，张左很认真地想过，发现他是真的不想，一点都不想。照片上外公年轻时的模样，经常会让张左想起父亲张希夷，这是一种很奇怪的联想，事实上，张希夷与外公外貌并不相似，穿的衣服也不像。

或许跟父母的初次见面有关，张左自小和外公外婆一起生活，一直到懂事后，才开始有母亲和父亲的印象。第一次见到魏明韦，这个当妈的就没和张左说几句话，那时候她还在哺乳期，怀里抱着的婴儿还在吃奶。她告诉张左，这是你妹妹，她是你妹妹。张左摇了摇妹妹的小手，魏明韦说你轻一些，别弄疼了妹妹。记忆中，好像就说过这些，还有点不耐烦。所谓妈妈就是她来了，她来过，她又走了，然后什么也没留下，张左觉得很受伤。

张希夷第一次来看张左，送给他一把塑料水枪。当然，这只是印象中的第一次，此前听说也来过，张左太小了，没有记忆。同样是对他不闻不问，为什么对父亲的印象要好过母亲，张左也说不清楚，反正他看到镜框里外公年轻时的模样，首先联想到的，不是现实生活中白发苍苍的老外公，而是父亲张希夷，他觉得自己父亲就应该那个样子，穿着西装打着领带。张希夷送给张左的塑料水枪质量低劣，玩了没两天就坏了，就射不出水来。

张希夷第一次来看张左，还带来一位阿姨，外公和外婆对她很客气。这位阿姨就是吴姨，一位有名的话剧演员，拍过电影，当时很火的一部话剧正在南京上演，剧名就叫《千万不要忘记》，吴姨在戏中扮演一个老太太。外公和外婆曾带张左去看过这个话剧，他完全不明白戏里面说了什么，留下的唯一印象，就是吴姨扮演的老太太是个坏女人。从剧院回家的路上，外婆外公坐在三轮车上，一路都在议论这个戏，都在议论吴姨的表演。外公觉得这个戏很好，吴姨演得也不错，外婆觉得戏不好，吴姨演得也不好，张左听着听着，睡着了。

接下来的一次，张希夷不仅带着吴姨，还有一个比张左大两岁的小女孩素素。外婆和外公热情接待，外婆让张左叫素素为姐姐，关照他跟她一起玩，要听小姐姐的话。那一天很梦幻，时空有些颠倒，张希夷是来接他出去玩，他们一起去了中山陵，坐在一辆三轮车上。一开始，张左坐张希夷腿上，素素坐吴姨腿上，后来不知怎么就交换了，张左记得吴姨穿着裙子，还有长的玻璃丝袜。去中山陵要爬坡，上坡时，张希夷跳下车帮着推车，车夫说三轮车的链条有些问题，吃不上劲。

登中山陵台阶，素素跑得飞快，给人的感觉，她好像是一路飞跑上去。对父亲和吴姨的关系，张左当时也不是很明白，他还不知道什么叫结婚，不知道他们已经是夫妻。对于素素更莫名其妙，她就是个天上掉下来的小女孩，有些任性，有些好强，总是指使张左做这做那，不允许张左这样或者那样。一路上，都是素素带着张左玩，玩得很开心。到了中山陵台阶的最高处，素素吓唬他，说张左你信不信，我只要轻轻一推，你就会从这里滚下去，一直滚到最下面。素素以为他会害怕，张左一点都不害怕，他看着脚下一层层没完没了的台阶，觉得真要能从高处滚下去，可能还是挺好玩的。

张希夷与吴姨带张左与素素爬中山陵

张左已记不清那天是怎么结束的，好像还下了馆子，天黑了以后，他被送回去。外婆追着问玩了什么地方，那个叫吴姨的女人对他怎么样。当面外婆对吴姨很客气，在背后说起她，也就没什么好话。张左后来才知道，那天张希夷夫妇带他出去玩，主要是在考察他，因为他们正在商量，要不要把张左接过去。考察的结果是吴姨不太愿意，她不答应，就仿佛外婆对吴姨一样，吴姨表面上对张左很不错，可是在感情上，并不愿意接受张左，觉得自己当不好后妈。

也就是在那段时间，外婆经常会问张左，想不想去你爸爸那里，想不想跟他们一起住。张左明知道外婆不愿意他去张希夷那里，他不想说谎，不愿意说谎，很老实地回答说想，回答说愿意和他爸在一起。外婆顿时不高兴，悻悻地对外公抱怨，说张左是黑心肠，白把他养这么大了。外婆说张左你不要太高兴，跟后妈在一起，没你的好日子过。

*

无论外婆在背后怎么说坏话，外公对张希夷这个前女婿，一直都很客气。外公是个非常骄傲的人，他有脾气，脾气很大，有名士风度。张希夷的爷爷，也就是张左曾祖父张济添，是外公的恩师。张济添是清朝的进士，学问很大，民国后成了旧朝遗老，在家开业授徒，外公是他的入室弟子。外公身上那点旧学功夫，都来自恩师张济添。一日为师，终身为父，外公与张左的爷爷，也就是张希夷的父亲以兄弟相称，张魏两家结为儿女亲家，本是件很美好的事，可惜劳燕分飞，半道上分了手，让双方大人都很失望。

外公可以说看着张希夷长大，对这个前女婿有过失望，生过气，仍然把他当作半个儿子看。这也是魏明韦要和外公闹翻的原因之一，外公不喜欢女儿后来嫁的那位陆师傅，不愿意接受这个女婿。有些历史纠纷，张左也弄不清楚，都是他有记忆之前的旧账，他人太小了，大约当初魏明韦闹着要和陆师傅结婚，外公坚决反对，不同意这桩婚事。不同意也没用，魏明韦自小任性，陆师傅同样脾气倔，说你们看不起我这个工人，我也就不跟你们来往。因此去四川前，虽然也生活在南京，同一个城市居住，陆师傅这女婿采取的基本策略，就是干脆不上门。

张左五岁时，魏明韦跟着陆师傅去了四川，再次见到，就是那次带着还在吃奶的小女儿回来。这时候，张左是小学二年级学生，轰轰烈烈的“文化大革命”已经开始。魏明韦夫妇也有了三个孩子，时过境迁，拖儿带女，不远万里来南京探亲，往日的种种不愉快，烟消云散冰解冻释。生米煮成熟饭，木早已成舟，外公也不再像过去那么古板，不像过去那么生硬，女儿毕竟是女儿，这个女婿不认也得认。女婿从四川带过来两瓶好酒，外公本是好酒之徒，平时也没人能陪他喝酒，现在开怀痛饮，川酒又便宜又好喝，勾起了外公抗战期间在成都的许多美好回忆。

喝酒容易话多，话多了必失，当时正好“文革”初期，外面很乱。外公退休多年，红卫兵小将懒得来找麻烦，他倚老卖老，基本上算是清闲。陆师傅是工人，工人阶级领导一切，说话难免财大气粗，喝了酒更有点自以为是。喝着喝着，谈到了共产主义的公平，话便有些不投机，外公当然是发牢骚，说如今世道真变了，那天坐三轮车去医院，与车夫一路随便说话，车夫问老头子退休了，一个月工资多少。外公听对方毫无礼貌，直呼自己为老头子，心里有点不快，也不敢发作，将自己的退休工资打了折扣说出来。没想到车夫听了依然不乐意，说你想想公平不公平，你一个坐车的资产阶级，比我一个拉车的无产阶级都多得多，要多这么多，这是不是有些不像话。外公说我听了这话，就笑着说，你说得不错，应该是你坐在车上，我拉着你才对。

外公当时只是把这事当作笑话讲，陆师傅听了也笑，不只是他笑了，大家都觉得好笑。接下来气氛就不对了，陆师傅说这话听着，也不能说没一点道理，说到底，还是劳动人民，养了不劳动的人。外公听了心里很是不爽，一时也不知如何反驳。然后你一句，我一句争起来，陆师傅不是个会说话的人，他一开口，不是你不懂，你不对，就是我不是这个意思，我不是这么说的。外公最烦这些话，说说来说去，就是我不懂我不对，就是你不是那个意思，你不是那么说，我也真是老朽了，真不懂你是什么意思，无非就是冤枉你了。

双方都是喝了酒，分歧越来越大，声音越来越高。最后火上浇油的是魏明韦，她好不容易把小女儿哄睡着了，大家可以太太平平一起吃顿团圆饭，外公与陆师傅这么声音一大，把小孩给弄醒了，哇啦啦哭个没完，便指责外公，说外公就是顽固，太顽固了，就是思想没改造好。外公听了不能不生气，勃然大怒，说我是顽固不化，我就是个老顽固，接在这后面还有个词，是死不瞑目，我就是死不瞑目。

外公差一点就把饭桌掀掉，他显然被气得不轻，气得把酒杯砸在了地上。魏明韦也不让步，说有理讲理，你扔酒杯干什么，好好的一个酒杯，就被你砸碎了。外公说我跟你们没理可讲，你们都是对的，我都是错的，说完离桌而去，气鼓鼓地回自己房间。魏明韦继续喋喋不休，火气比外公更大。她此次回南京，不只是要看望年长的父母，还有更重要的事。当年她是因为给领导提意见，被打成了“右派”，现在这个前领导被打倒了，被检举揭发，证明是走资本主义道路的当权派，是打压革命群众的凶手。魏明韦此次回南京，就是要为革命群众提供炮弹，同时也要为自己当年被打成“右派”平反。

在张左的记忆中，这次风波，主要是外公和魏明韦在争论，在吵。外婆说外公这是自作自受，几个孩子中，只有你妈敢跟外公顶嘴，这都是外公太宠她的缘故，换作你几个舅舅，你外公这么发脾气，吓都要吓死了。自始至终，外婆都是在劝，都是在充当和事佬，让外公不要说了，不要再说了，让女儿住嘴，赶快住嘴。陆师傅像没事人一样继续喝酒，杯子空了，他拎起酒瓶，给自己斟酒，斟满，然后一边喝酒，一边给自己两个大点的孩子搛菜，他突然冷冰冰地看了张左一眼。

多少年以后，张左仍然还能记得陆师傅那冰冷的一眼。说起来，这个人也算是自己的继父，可是无论是张左，还是陆师傅本人，似乎都没把这层关系当回事，他们之间实在是太陌生了。魏明韦还在说，她说外公看不起陆师傅，就是看不起工人阶级，就是看不起没有文化的大老粗。魏明韦说她就是因为这个，所以不能原谅外公，她年轻时参加革命，参加共产党的地下活动，就是因为相信共产党最后会战胜国民党，相信工人阶级最后会领导一切。魏明韦又说，毛主席他老人家怎么说的，毛主席说高贵者最愚蠢，卑贱者最聪明，所以“文化大革命”，就是要好好地改造你们这些人的思想。

张左记得自己母亲当时一口气，理直气壮说了很多。不过他永远忘不了的，还是外公反驳时说的一句话，说你魏明韦思想那么好，那么进步，还不是一样犯错误。外公指的是她被打成“右派”这件事，事实上，魏明韦这次回南京，本想为自己平反，她满怀希望去原单位，结果不仅没达到目的，还被原单位造反派狠狠地训斥了一顿，说她是痴心妄想，说党和人民绝不可能为反动的右派分子翻案，命令她立刻回四川接受监督和批判。魏明韦这是自取其辱，在南京碰了钉子，头破血流，回到四川后，罪加一等，又被继续批斗，关进牛棚劳动改造。

也就是在发生吵架的那天晚上，外公写了很长的一封信，写给女儿和陆师傅。这是一封绝交信，在信中，外公说江山易改，本性难移，为父之顽固不化改不了，你们之时髦新思想也改不了，大家不必勉强。明韦是女儿，回家看望老母，于理不应阻隔，至于姓陆的同志，话不投机半句也多，思来想去，以后还是不见面为佳。民谚有生不来去，死不吊孝，为父觉得这样挺好。

张希夷

张希夷八十岁的时候，他的弟子为他举办了一场书法文献展。晚年的张希夷成了著名教授，有着许多美誉，被称为国学大师，被称为学术泰斗。虽然经历了“文化大革命”的抄家，损失不小，张希夷的个人收藏仍然还算丰富。他的世家身份经常被拿出放大和吹捧，张希夷的祖父进士及第，名列第三，所谓的探花郎。张左大学学的是化学，大学毕业后一直在中学教化学，他对中国封建时代的科举不太了解，只知道排名第一的状元才厉害，他的曾祖父只是个探花，探花又有什么了不起呢。

然而在对张希夷的介绍上，曾祖父的探花身份，会被一再提起。在那次书法文献展上，张希夷的弟子竟然还找到了他老人家当年的考试试卷，复印了一份，放在了展厅最显眼的位置上。说老实话，张希夷自己的书法也就那么回事，他的强项是古文字，写的都是些大家不认识的古汉字，看上去就像是甲骨文，或者说像蝌蚪文，很难评价好坏，反正裱出来就不难看，挂在那就像回事，一被评论就有学问。刚开始，张左对许多古汉字也是不认识，在展厅展览的，不仅有张希夷的书法作品，还有他的收藏，许多收藏在“文革”初期都被抄走了，好在“文革”以后，差不多有一半又归还，也算是不幸中的万幸。

开幕式很隆重，嘉宾胸前戴着鲜花，领导应邀讲话，代表热情发言，张希夷很激动地致谢。然后开始参观，放在最前面的，是一篇张希夷的自述。在这篇自述中，他谈到了自己做学问的历史，谈到了自己的书法渊源。更多的是谈到自己的前老丈人，外公对张希夷的学术生涯有着非常大的帮助。展品中既有与张左曾祖父有过交往的名人书法，也有他曾祖父的两副对联，更多的还是外公魏仁的字，有条幅，有对联，还有大量的书信。外公的字确实是好，张左看了十分震撼，他没想到它们挂在展厅里，竟然会那么显眼，那么熠熠生辉。时光正在倒流，站在展览大厅里，张左仿佛又回到了从前。

由于这篇自述很长，张希夷老眼昏花，结果便是让张左用小楷抄出来。在张希夷弟子中，其实也有能写毛笔字的，但大家一致认为，让张氏后人张左来抄写，显得更有意义。张左的小楷马马虎虎，拿得出手，毕竟小时候在外公督促下，写过许多年《多宝塔》。张希夷的女弟子，一位博导，看了他抄写的“自述”赞不绝口，说你爸爸曾对我们说过，说他儿子的字比我们都好，尤其是小楷精妙，还是有点功夫，可惜他后来学了什么化学，没有继续写下去。

张左听了这番话，心里有些说不出的滋味。张希夷很少表扬儿子，他们父子之间，在过去的多少年，接触机会并不多。小时候，张希夷根本不管他，到了晚年，名声越来越大，地位越来越高，也就越来越看不上自己儿子。现如今的张希夷，桃李满天下，名声十分显赫，学生中有做大官的，光省一级的领导就有两个，非常有地位的学术掌门人也有好几位。学生沾了老师的光，老师也反过来沾学生的光。张左只是一名普通中学老师，上大学前，当过三年营业员，恢复高考后，考上了大学，是七七级，是第一批大学生，当时也算是有出息，然而在张希夷眼里，在他那些功成名就的学生弟子心目中，像张左这样书香门第的名人之后，混成这样，多少有些平庸。

张左一手漂亮的小楷，为自己挣了些面子。张希夷当面也表扬过，说你那字写得比我还好，还有点功夫，可惜就是没文化含量。张希夷告诉张左，说你外公的字才是真的好，我那字其实很一般，很狗屁，现在人都不懂字，什么书法不书法，古人从来不说书法两个字，中国古代人就没有什么书法家，人真要是有了学问，书法自然会好。张左觉得张希夷明面上表扬他小楷写得好，实际上还是嫌儿子没学问，不光是没学问，更是嫌他没出息。与张希夷相比，张左太默默无闻。

也正是在这次为张希夷举办的书法文献展上，张左第一次意识到他外公的字，是真的好，越看越好。难怪父亲会极力推崇，张希夷的字虽然不算第一流，甚至是不入流，但是他的眼光，却没有任何问题，他真的懂书法之道。他告诉张左，自己的字没有根基，因为他也是个新派学人，上新式的学堂，小学中学大学都受五四运动的影响，最后还能写几笔，与外公的指点分不开。

张左因此回想起自己外公，想起他当年怎么写毛笔字。说起来也没什么，就是一定要天天写。写多了，自然就好了，外公曾经说过，过去的账房先生都能写一笔好字，为什么呢，因为他一直要写。外公最喜欢写信，只要有人给他写信，一定要回。张左记得外公喜欢在别人来信的背面给人回信，说这样可以节省纸张，写字的人必须爱惜纸张，砚台倒上几滴茶水，用墨轻轻磨上几下，就能一口气写下去。作为二十世纪的同龄人，外公喜欢说自己也曾经是新派人物，五四运动时，也参加过示威游行，那时候他还是一名学畜牧的大学生，他们抬着一口棺材在南京大街上游行，誓死要保卫青岛。

张左只知道五四口号是科学和民主，不明白外公当年为什么要抬着棺材游行。有些事张左永远都搞不明白，为什么一个学畜牧的外公，最后成了一名中学校长，成了一个古文字学家，死后又成了著名的书法家。张左曾收到过一封来信，外公一个学生的后人寄给他的，说手里有两幅外公不同时期的作品，一幅写于四川成都，抗战时期外公自己的一首诗，还有晚年抄写的毛主席诗词《送瘟神》，有行家看过，说这两幅字绝对是外公的书法精品，非常值得收藏，已经有卖家开过价，愿意以很高的价格收购。这个学生的后人写信要表达的意思，就是问张左家人想不想收藏，毕竟物归原主才是最好选择。

张左没回信，来信附了两张照片，其中外公写的那张《送瘟神》，当年张左曾看着外公怎么写。当时他还帮着磨墨牵纸，然后又到邮局去寄。张左不知道对方说的高价是多少，决定不予理睬，一来自己没钱收购，二来他们家外公的字太多，不在乎多此一张。张左小时候练过字，对于书法好坏，说穿了也不是很懂。外公的书法作品有了价格，经常有人上门淘宝，张左也卖过几张，张希夷知道了不太高兴，让他以后不要再这么做。

*

或许童年和少年时期，与张希夷接触太少，张左想不太明白，为什么父亲晚年，会有那么显赫的学术地位，会有那么高的声誉。隔行如隔山，张左确实不太懂那些学问，后来他又做了将近二十年编辑，编过太多张希夷的文稿，还是茫然不解，仍然不甚了了。事实上，小学毕业前，张左与父亲一共也没见过几次，印象深刻的，无非是送给他那把玩了没几天就坏掉的塑料水枪，与吴姨一起带着他和素素去中山陵玩，还有就是他与吴姨分手，跑来跟外公外婆哭诉。

张左永远也不会明白父亲为什么会与吴姨分手，张希夷是美国回来的留学生，“文革”一开始，被打成了美国特务。这是个很严重的罪名，好在张希夷性格逆来顺受，认罪态度诚恳，说他什么都承认。特务这种罪名也不是说是就是，雷声虽然很大，也没吃太大的实质性苦头。所在的单位南京博物院，收藏文物的地方，有学问的老家伙多，年轻人中书呆子多，运动自然要搞的，造反派的队伍也一样会拉起来，像张希夷这样有留学背景的中年专家，更多的只是陪斗，斗过就拉倒。

吴姨不一样，她是著名演员，解放前已出名，拍过电影，脾气又不好。对她的斗争可以说是轰轰烈烈，疾风暴雨。张希夷后来告诉张左，“文化大革命”开始时，他和吴姨商量过，要把张左接到身边抚养。正在很认真地商量这事，“文革”开始了，很快张希夷被打倒，吴姨也接着被打倒。大家都被关进牛棚，接张左到他们身边的想法也就没办法再实现。张希夷的描述，与外婆的说法大相径庭，张左更愿意相信外婆，因为后来的回忆，难免添油加醋，他清楚地记得当时的现实，说白了，张希夷和吴姨就是不想接受张左。

事隔多年，想到当初盼望能到张希夷身边，想和父亲在一起，想和吴姨和素素同住，最终又被拒绝，张左心里便不痛快。张希夷自己也忘了有这事，在吃饭桌上，曾亲口对外公和外婆说过，吴姨这人气量很小，非常霸道，她这后妈肯定是当不好的，她根本不同意我把张左接过去。那时候，张希夷刚和吴姨分手，他们刚离婚，马上就要出发去“五七干校”，临走前，过来看望外公外婆，一起吃了顿饭。吃饭的时候，说着说着就哭起来。他说吴姨很可能外面有人了，说她刚被造反派宣布解放，也就是刚刚结束隔离审查，就一定要跟张希夷分开，说当初跟他结婚就是个错误。

张希夷那天唠唠叨叨说了很多，外公外婆不想让张左知道得太多，催他赶快吃饭，吃完了，又让他赶快离开。那天张希夷只顾着说自己的事，只知道哭诉，从头至尾，没问过一句张左情况，没与儿子说过一句话。事实上，他当时心目中，根本没有张左这个儿子。外婆在不断地安慰张希夷，外公大部分时间不说话，皱着眉头听张希夷说他的事。张左知道大人不想让他听见他们在说什么，自己也装着什么没听见，什么也听不懂，但是或多或少，还是听到了一些。他听见张希夷说吴姨和前面的那个男人还有来往，说他知道他们偷偷地见过面，见了不止一次。

那时候，张左已经知道前面的那个男人，就是吴姨前夫。他当时对这个前夫是谁并无兴趣，张左想到的只是那个叫素素的小姐姐，吴姨的前夫自然就是她父亲。张左想到他和素素一起往中山陵台阶上爬，想到素素当时说的那些话，说要把他从高高的台阶上推下去。一想到素素，张左就会有种自己即将会从台阶上滚下去的兴奋，无数级台阶要滚很长时间，他想象自己在空中翻滚，一级接着一级，仿佛骑在马上，或是坐在火车上，咯噔咯噔，感觉颠得很舒服。

张左小学五年级了，张希夷哭得像个小孩子，让他觉得十分奇怪。在张希夷的自述文章中，写到了这次他为什么会痛哭流涕。那时候“文革”到了一个新的历史时期，中央下达了“一号命令”，博物院的工作人员，全部要去“五七干校”。张希夷对去“五七干校”没意见，坚决服从党的安排，听毛主席的话，他感到最痛苦的是一种中断。当时张希夷正在偷偷地写一本书，很快就可以完稿，这本书必须要用到博物院中收藏的资料，离开这些资料，他的研究就进行不下去。想到过去的这些年，作为一名被打倒的对象，他忍辱负重，借着打扫和整理库房名义，一直躲在博物院的仓库里偷偷地写文章，这样的日子说结束就要结束，张希夷不由得悲从中来，泣不可抑。

外公过世后，在外公的书架上，张左看到很多张希夷那期间写给他的信。这些信封和信笺，张左非常熟悉，当年正是他从邮递员手中，将这些信接下来，转交到外公手上。“文革”中的信笺，上方都印有毛主席语录，张希夷的信是用钢笔横着写的，还不觉得突兀，外公的书写习惯是竖着写，因此看上去非常特别。从数量上看，外公寄给张希夷的信更多一些，有时候是一天一封，这些信，同样都是经张左之手才寄出去。收信或者寄信，是那个特殊的年头中，张左做得最多的一件事。外公生前，外婆经常忍不住抱怨，说外公在邮票上花的钱太多了。

三十年以后，张希夷让学生整理他与外公的通信，没想到这段时期的来往通信，竟然可以编成一厚一薄的两本书。一本厚书专门讨论古文字，主要是张希夷向魏仁请教，某个汉字的金文与篆体如何演变，它们的源流是什么，和甲骨文有何对照关系。这方面内容十分丰富，外公的恩师张济添，也就是张左的曾祖父，属于国内最早注意到甲骨文的前辈。甲骨文被发现的历史并不长，张济添对古文字有浓厚兴趣，属于第一代甲骨文学者，他告诉自己的弟子魏仁，甲骨文的出现，对他来说已经太晚了，他已到了垂暮之年，

外公与张希夷在“文革”期间的通信

这种文字的秘密，应该由外公这辈人来探讨。

事实上，外公对于甲骨文研究的兴趣，一直处于业余阶段，在恩师引导下，也只是刚刚入门。在与张希夷的通信中，外公表达了对不住前辈的遗憾，把自己多少年的一些研究心得，毫无保留地告诉张希夷。古文字研究是一种非常专门的学问，甲骨文又是古文字中的一个重要分支，张希夷在博物院工作，接触的东西多，可谓得天独厚。青出于蓝而胜于蓝，外公与张希夷通信，与其说是给他指导，还不如说是给他鼓励。外公知道张希夷在“五七干校”没有很好的研究条件，或者说根本没有研究条件，他告诉张希夷，条件的有无，都不该成为放弃的借口。无论如何都要坚持下去，外公以自己的人生经验告诫张希夷，他就是因为没能坚持，一辈子也没有把学问做好。

在给张希夷的信中，外公讲到了自己人生中的放弃，他本是学畜牧的，因为没兴趣，大学没念完就不学了。正式入门拜师，他开始跟张济添学习古文字学。这以后，当教员，当校长，断断续续没有放弃研究。可惜世道渐乱，他当了国立中学校长[1]，收入略有增加，又要忙于俗务，又要养家糊口，最后不得不放弃。再以后，艰苦的抗战期间，外公以一篇谈甲骨文的论文，名动海内，当时的中央研究院史语所所长傅斯年拍案叫绝，写信与之约谈，并推荐至中央大学教书。外公大学没毕业，没有一纸文凭，不是科班出身，没有出国留洋，能跻身大学课堂，按说是很不容易。

可惜古文字学在大学不受学生欢迎，同行之间又多有排挤，研究条件有所改善，心情并不痛快。当

---

1 本书中出现的“国立”“中央”等开头的机构一般指的是1949年以前的机构。——编者注

时某著名教授，故意将外公所需要的书籍资料，全部从图书馆借走不还，到考试时，又煽动学生与外公作对，打小报告。文学院院长和教授是好友，只知道一味袒护，结果外公一气之下便离开了。这次离开，索性拖儿带女，从国统区回到了沦陷区，回到家乡南京。对当年的这次负气出走，外公相当后悔，毕竟是白璧微瑕清誉有损，他总结自己人生经验，告诫张希夷，不管时局如何，不管人事怎样，做学问之人，唯有坚持再坚持，鞠躬尽瘁死而后已，一条道路走到黑。

*

张希夷后来对学生弟子谈及外公的古文字学问，评价非常之高。他说先师魏仁是个极度谦虚的人，一辈子默默无闻，并不知道自己有多优秀，不能因为他为人低调谦虚，就掩盖其学术成就的光辉。以张希夷在学术界的大佬地位，他的这番话很有分量。外公在死后多年，经常还会被人不断提起，他的文稿可以整理出版，他的书法开始在网上被拍卖，与张希夷的推崇有着直接关系。

张左注意到，外公在与张希夷的通信中，常常也会提到自己，虽然都是闲笔，他读到时感觉十分亲切。譬如说张左睡觉打呼噜，小小年纪，竟然有地动山摧之势。又说刚上中学的张左，追求进步，学校新近又开始有了红卫兵组织，此“红卫兵”与前些年颇有不同，必须成绩好老师喜欢的学生，才可以参加，仿佛当年之遴选品行优良学生，说张左因为没有被选上，嘴上尽管不说，而心中颇不快乐。

时间应该是一九七〇年，外公与张希夷的通信，除了讨论古文字，就是谈养牛，谈自己的身体。外公身体越来越差，人生七十古来稀，他觉得自己岁数不小了，迁延蹉跎，来日无多，常会发出一些哀叹。外公说外婆时常抱怨，抱怨儿女皆不在自己身边，虽然有张左在一旁可以跑腿，毕竟还是个孩子，还需要大人照顾。外公也说到了自己的担心，担心他们二老离开人世，而张左仍未成年，谁会来负责他的生活。

阅读张希夷与外公的通信，张左感到最有趣的部分，是关于怎样养牛。张希夷到了“五七干校”，最初安排在炊事班，炊事班油水足，他告诉外公，说自己正在开始发胖，感觉肚子大了一圈，没想到烧饭和做菜那么简单，他不但学会发面做馒头，还学会做豆腐。不久，又被分配去了养牛班，张希夷所在的“五七干校”，一共养了九头水牛，还有一头很瘦的毛驴。这地方前身是部队的一个农场，不只是博物院，省文化系统的许多单位，都安排在这劳动学习。

张希夷作为强劳力被调到养牛班，刚开始，都觉得养牛班轻松，安排的都是五十五岁以上老同志。

没想到看似轻松的喂牛放牛，实际上非常辛苦，与炊事班相比，有过之无不及。先说喂牛，要把稻草切短，把黄豆磨碎，再掺和在一起喂，这是在牛棚里干。切稻草很累人，把黄豆磨碎了，也很累人。牛食量大得惊人，慢吞吞一直在吃，每头牛一顿要一大桶饲料。放在野外让牛自己找草吃，这要轻松一些，但是花时间，草长的时候，牛一口气吃两个多小时，才能吃饱。草要是还没长长，很短，牛必须慢慢地啃，啃了三四个小时，还没有吃饱。不管在牛棚，还是在野外，牛吃饱了，会在原地躺下来反刍。牛肚子很大，饿的时候能看见一根根肋骨，一旦吃饱，肚子会鼓起来，像充足了气一样。为了让牛吃饱，养牛班的同志不辞辛苦，一直处于体力透支状态，眼看着坚持不下来，便向师部汇报，请求支援。当时套用军队编制，具体到某个单位，又称之为几连几排几班。张希夷到养牛班报到的时候，离自己五十岁生日只差两个月。

刚到养牛班，张希夷几乎一个人，把铡草的任务都承包了。他写信告诉外公，没说累，只是谈到了铡草，谈到铡草的具体时间，谈到烦扰人的气味。从炊事班到养牛班，最大的不同是气味，说自己资产阶级思想还没完全改造好，竟然会觉得牛圈太臭。养牛班的其他同志，早就习惯了，他们住在牛圈旁边的小屋里，土坯墙茅草顶，到处漏风，一个个睡觉都很香。年龄最大的一位同志已快七十岁，博物院的元老，古瓷器专家，喜欢写诗，专门写了一首白居易《琵琶行》那样的长诗，其中有两句让张希夷过目不忘，“牛矢气熏柴火味，陋室从此叫延芳”。

张左不知道什么叫“牛矢”，查字典才知道，牛矢就是牛屎，“酷无文采如我辈，牛矢鸡栖当结邻”。对张希夷“五七干校”养牛这段经历，张左特别有兴趣，有一段时间，外公对如何养牛也十分有激情，他让张左陪他去新华书店，找跟养牛有关的书籍，自己先研究一番，然后写下心得体会，再与书一起寄给张希夷。外公的口气俨然是科班出身，毕竟他年轻时，大学里学的就是这个。张希夷则回信解释，外公说的这些都严重脱离现实，养牛最烦人的事，书上根本不会说，譬如值夜班，冬天太冷了，要把牛棚封堵严实，然而再冷，半夜里也得起来给牛把屎把尿，要挨个地把过来，水牛一泡尿足足能有半脸盆，要非常耐心把它们牵出来，牵到一个专门拉屎撒尿的地方，要不然，整个牛棚很快就成了尿池粪坑。

那一年国庆节，“五七干校”组织了一次颇具规模的家属慰问活动，外公外婆年岁太大，有心想参加，想到干校去看看，组织上也不会批准。批准的是他们的外孙张左，张左是张希夷儿子，他可以去。张希夷在干校表现出色，工作态度认真，劳动改造成绩显著。张左很幸运地被选中了，多少年后，谈及此次家属慰问，张希夷说了一个不为人知的秘密，就是与外宾的参观访问有关。当时与中国敌对关系最紧张的是苏联，到处挖防空洞，城市人员大量下放到农村。与以美国为代表的西方国家，表面上仍然敌对，紧张关系已在悄悄改善。有个欧洲友好代表团来江苏访问，参观了南京长江大桥，去了中山陵，看了小红花的演出，突然提出要到“五七干校”看看。

究竟是这代表团主动要求参观，还是当时的外事人员刻意安排，有着不同的文字记录。对于张希夷来说，就是有一天，突然干校来了几个外国人，来了几个老外。师部领导十分紧张，工宣队军代表手忙脚乱，几个老外提出要分头看看，翻译人手不够，突然想到张希夷是美国留学生，于是先把他们带到了养牛班。张希夷多年不说外语，看到这些老外，有些发呆，老外是欧洲人，他们的英语也没好到什么程度，大家一边说一边比画，很快这些老外发现张希夷的英语，比他们还好。

这件事让张希夷很露脸，也让老外知道，在中国的“五七干校”，藏龙卧虎大有人才。张希夷向老外介绍怎么养牛，如何给水牛把屎把尿，老外听得目瞪口呆。他还告诉老外，怎么给新生的小牛穿鼻孔，说这个大有讲究，到什么时候应该穿孔，应该在什么位置穿孔，绝对不能马虎。穿鼻孔的位置，必须是牛的敏感部位，这样绳子穿在里面，轻轻一拉，牛会很痛，于是牛也就老实了，就听话了，乖乖地听人使唤。如果穿的位置不恰当，牛不听话犯了脾气，你就是把它鼻子拉豁了，也还是没有用。

张左一生中第一次有这样的机会，能够如此近距离地接近张希夷。出发地点是在鼓楼广场，前一天就打探好了，什么时候集合，什么时候出发，能够带什么，不要带什么。外婆不放心，毕竟张左第一次出远门。为张左煮了五个鸡蛋，在商店买了六个油球，一种有馅的面食，外表用油炸过，让张左路上肚子饿的时候吃。还有五包奶糕，一包有许多小块，当时给婴儿吃的食物，这是为张希夷值夜班准备的。除此之外，还应张希夷的要求，又为他带了一个搪瓷脸盆，一个热水瓶，张左的小军用书包已装满，只好用一个网线袋装脸盆和热水瓶。

*

因为有热水瓶，张左一路上非常小心，怕不留神碰碎了。坐车时，干脆把脸盆垫在屁股底下，把它当作了小凳子，热水瓶小心翼翼地抱在怀中。车上人已经挤满，搁了几条长板凳，那种敞篷的军用大卡车，人挤着人，大家或站或坐。前后一共开了将近八个小时，到目的地，天都黑了。

一共两辆大卡车，每辆车上都搁一个大汽油桶，那年头公路上没加油站，跑长途必须要自己带汽油桶。有个老头就坐在汽油桶旁边，一路都在抽烟。公路是石子路，坑坑洼洼，颠簸得很厉害。半途中加过一次油，大家正好下车休息。路边有个茶水摊，顺带卖白面炝饼，大家都吃东西，张左也把油球和鸡蛋拿出来吃，一边吃，一边看司机给卡车加油。到了"五七干校"师部，张希夷已在等候，事先有通知，大家都在等慰问团的到来。人接到了，在食堂匆匆吃点东西，然后各自分开。

张左跟着张希夷去养牛班，预先准备好了一盏风灯，这玩意张左过去只是在电影上见过，看了觉得新鲜，张希夷便让他提着。幸好有这盏灯，要不然摸黑在田埂上走，一不小心就会跌到水田里去。养牛班离师部不算太远，快到时，张希夷对张左说：

“牛棚很臭的，不过，时间长了，你就不会觉得，时间长了，也就习惯了。”

在张左记忆中，此前张希夷一共也没跟他说过几句话，因此这段话印象特别深刻。牛棚的确是臭，一种很奇怪很难闻的味道，张左跟张希夷挤一张小床，一人睡一头，刚睡下，张希夷突然坐起来，说不行，你得洗脚，又是球鞋又是尼龙袜，肯定臭得不行，我最怕脚臭。他爬起来烧水，烧热了，倒脸盆里，又兑了冷水，让张左洗。脸盆是新带过来的，张左心里就想，脸盆是用来洗脸的，怎么先让他洗脚。洗完脚，继续上床睡觉，牛棚里的气味呛鼻子，辣眼睛，在这样的环境里，张希夷竟然还会嫌儿子脚臭，张左感到有点不痛快，觉得父亲在嫌弃自己，并不是很欢迎他的到来。这么想着想着，觉得挺委屈，因为路上太辛苦，很快也就睡着。

第二天醒过来，张希夷正在牛棚外拌饲料，见张左醒了，让他过去帮忙，所谓帮忙，就是将饲料桶拎去喂牛。关照张左，不要喂太多，千万不要倒多了，今天还要牵出去放。喂完牛，张希夷带张左去打早饭，食堂里人来人往，大家拿着茶缸饭盒，都是打好了回去吃，也有的一边在走，一边已经啃起馒头。那天早上食堂不仅有馒头，还有菜包子，张希夷买了菜包子和稀饭，回去的路上，问张左饿不饿，让他可以先吃菜包子。张左于是开始吃包子，那包子很好吃，吃完一个，又吃了一个。

张左在干校一共待了三天，整整三个白天，他喜欢这个地方，既好玩，又有趣，见识也多。第一天上午召开大会，展示劳动改造的辉煌成果，表扬先进人物，表扬先进事迹。张左听到张希夷也在表扬名单中，念到名字时，他很天真地笑了，眉开眼笑。很少看到张希夷会这么笑，日常生活中，张希夷给人印象比较严肃，有点一本正经，他在自述中说，当年在干校一边养牛，一边偷偷地做学问，研究古文字，还写了不少古体诗。年轻时，张希夷写新诗，曾梦想成为一名诗人。他写的古体诗后来也出了书，不是很厚的一本书，张希夷有个学生在古籍出版社当老总，这个学生不仅是这本书的责任编辑，而且还亲自写序，在序中，对张希夷古体诗的最高评价，就是别出机杼独辟蹊径。

张希夷此时还翻译了一本厚厚的传记《卡尔·马克思》，英国当代哲学家以赛亚·伯林的著作。早在“文革”前就着手准备，因为搞运动耽误了。当时刚开始恢复工作，分管全省文艺的革命委员会某副主任，让张希夷继续这项工作。翻译这本《卡尔·马克思》，据说也是中央某领导的批示。可惜两位“文革”中春风得意的领导，与林彪和“四人帮”都有些说不清的关系，“文革”后遭到清算，张希夷的译稿完成，交给有关部门，最后不了了之，很长时间里音信全无。

在“五七干校”的三天，张左并没看见张希夷研究古文字，也没看见他写古体诗，更谈不上看到他在翻译外国书。三天的时间太短，在张希夷枕头边，张左看到了一本翻得很破烂的英文辞典，几本英文原版书。张希夷的确是一有空就在看书学习，张左不明白他在看什么书，学什么习。这三天，张左大开眼界，看到了太多的前所未有。第一天开完大会，张左跟着张希夷走出会场，一位白发苍苍的老农在会场门口等候，与张希夷说着什么。然后一起去牛棚，一路走，一路还在说。事后张左才知道，这位老农是给牲口看病的兽医，对于水牛配种，有着非常好的经验。

张左第一次看到给水牛配种，这一年，张左十三岁，朦朦胧胧也有点明白怎么回事。早晨给水牛喂食，张希夷特别关照，要他离最顶端的那头小母牛远一些，说小母牛正在发情，会攻击人。张左不知道张希夷说的发情是什么意思，不明白为什么这头看上去要小许多的小母牛反而会攻击人。回到了牛棚，张希夷带着老农直接去看小母牛，老农看了看小母牛的屁股后面，用手指戳了戳，点点头，对张希夷说差不多了，现在这个时间点最好，把它牵出去吧。

张希夷便把这头小母牛往牛棚外牵，小母牛果然是不太听话，把它往外牵的时候，竟然主动攻击那些比它还大的水牛。它显得很兴奋，到处挑衅，用牛头顶了这头牛，又去顶另一头牛。小母牛终于被牵到了外面空地上，老农接过牛绳，绕在手上，又让张希夷去把最强壮的那头公牛牵出来。公牛刚被牵出牛棚，小母牛就向它直冲过来，老农差点被它拉个跟头。接下来发生的事，让张左莫名其妙，既看不明白，也想不通为什么要这样。

公牛被牵到了空地上，老农让张希夷放开牛绳，他也把绕在手上的绳子放开，小母牛立刻奔向公牛，用牛角去顶公牛。情形像是在斗牛场上，只是两头牛的体形相差太大，公牛差不多有小母牛两个大。好在公牛态度很温顺，面对小母牛的进攻，基本上没什么反应，它像个威武雄壮的大将军，站在那一动不动，等候小母牛冲过来。小母牛并不是真发力，它冲到公牛面前，会有一个刹车一样的动作，然后又撒开蹄子，围绕公牛打转，转了一圈，再次发动攻击。

老农对张希夷解释，说：

“第一次都这样，它这是在挑逗公牛，先让它们玩一会儿。”

与张左一样，张希夷似乎也不知道接下来会怎么样，小母牛跑过来，跑过去，最后竟然从后面袭击，骑跨到了公牛背上。这个动作把张希夷引笑了，他对着老农摊开双手，绝望地问着：

“这怎么办？”

老农成竹在胸，说：

“不着急，再让它们玩一会儿。”

自始至终，公牛都显得特别沉着，特别冷静，它一动不动地忍受着小母牛的挑衅。渐渐地，小母牛好像也累了，不怎么折腾了，老农又去看它的屁股，看见它屁股上像尿尿一样在淌水，便让张希夷抓紧牛绳，一定要抓紧，让小母牛掉转身子，让它的屁股对着公牛鼻子。公牛开始闻小母牛的屁股，它慢条斯理地闻着，舔了几下，小母牛变老实了，然后又是一动不动地僵持着，老农就说：

“你看看，真是沉得住气。”

老农的话音刚落，公牛突然上前一步，骑跨在小母牛身上。公牛的身躯很大，张左正在担心小母牛会被大公牛压垮，没想到小母牛的四条腿颤颤巍巍，居然也挺住了。事情发生得太突然，太快，刚正式开始，已经匆忙结束。老农对小母牛的屁股一番研究，很有把握地说：

“我看没问题，肯定行。”

张希夷似乎还有些不相信，看着老农，说：

“肯定行？”

“肯定。”

接下来，先把公牛牵回牛棚，再把小母牛牵回去。张希夷叹了口气，想不明白地问老农，说这个公牛很有意思，一直都是这么不急不慢，看过公猪和公羊，遇到这事，都是急吼吼的，一看见母猪母羊，跟疯了一样，难怪小公猪小公羊都要骟了。老农听了便笑，说是这道理，俗话都这么说，南劁北骟，猪不劁不肥，牛不骟不壮，其实公牛大都是不骟的，根本用不着动刀子，你看这头公牛多沉得住气。

吃完中饭，张希夷告诉张左，他要认真地午睡一会儿。这一点是必须的，因为晚上起来照顾那几头牛，没睡多少时间，中午必须补个觉。这一觉基本上是倒头就睡，呼噜声惊天动地。睡了足足一个多小时，醒来便带张左去放牛。他本应该轮到铡草，放牛班张伯伯为了张左到来，主动提出要代替张希夷铡草，让他们父子去放牛，顺便也让张左这孩子到周围去看看，看看干校的田园风光。水牛很听话，将绳子解了，吆喝几声，都会主动往牛棚外走。除了今天配种的小母牛留在牛棚里，其他几头牛都要赶出去放。

季节虽然已入仲秋，天气还是有些闷热。张希夷把牛群赶到一片干枯河滩上，让它们自由自在吃草，然后就跟张左聊天。在张左印象中，这也是他们父子有史以来的第一次，第一次这么面对面从容地说话。因为是第一次，好像大家都不知道要说什么，张希夷问张左上学的事，问学不学外语，外语课上都教些什么，都会些什么。张左胡乱背了几句英语，都是标语口号，张希夷听了很不屑，说没想到外语还能这么学，问他还会什么。张左被问住了，觉得自己就会这个，就知道这么几句，其他想不起来，已经没词了。

就在这时候，张左又一次想起张希夷和老农说的那个“骟”字，当时因为有老农在，没有来得及开口问，后来也就把这事忘了。现在突然想起来，便让

“五七干校”期间，张希夷与张左在河滩放牛聊天

张希夷解释。什么是骟，他当时只知道读音，也不知道这个字怎么写。张希夷就开始给张左上课，捡了根树枝，在河滩上写字。告诉他骟应该怎么书写，马字偏旁，加上一个扇子的扇，与扇的读音相同，字形与骗人的骗很像，意思是把动物的睾丸给割了。还有个字叫劁，意思差不多，都是给动物去势。在中国古代，所谓骟马、宦牛、羯羊、阉猪、镦鸡、善狗、净猫，都是同一个意思。

干枯的河滩仿佛天然大黑板，正好可以用来写字，写大字，张希夷似乎很来劲，一说一大套。很多话张左根本不明白，有个意思他是懂的，无非是把那玩意给割了，给动物做，叫作骟，叫作劁，给人做叫作阉，叫作宦。汉代写《史记》的司马迁，就让皇帝把玩意给割了。张希夷告诉张左，为什么叫阉党，为什么叫宦官，因为这些人生理不健康，所以心理会特别变态。张希夷诲人不倦，张希夷一说就没完，根本不管张左听懂了多少，越说越来劲，张左听着听着，有点不耐烦，晚上睡觉时做噩梦，老是觉得有人在追他，追上了，就把他按在了地上。他觉得自己下面凉凉的，用手摸了摸，那玩意还在，一切都还完好。

还是张希夷

张希夷生于一九一九年的五月四日，这日子特别好记。介绍他的这个生日，喜欢说自己这一生有五四的两个口号伴随，本质上是爱国的，或者说天生就是爱国，不只是爱国，而且还讲科学，讲民主。当然这种自我介绍是在张希夷的晚年，都是冠冕堂皇的后话，事实上，他年轻时并没觉得自己生日有什么特别。张家是世家，计算生日用的是阴历，张希夷生于己未年戊辰月丙辰日的午时，也就是阴历四月初五，过生日从来都按照这个日子，直到解放后，一个偶然机会，才查到自己生日跟五四运动竟然是同一天。

张希夷晚年被尊为国学大师，他很不喜欢这个头衔，因为国学二字，常会被一些别有用心的人利用。国学之门槛听上去很高大，很名正言顺，最容易被不学无术的人拿来蒙事，拿来招摇撞骗。张希夷一再表示，作为五四文化运动熏陶出来的一代人，自己的一生都是新派，他喜欢新生事物，喜新不厌旧，不愿意让年轻人觉得他保守，觉得他陈旧和顽固。类似的话，张左也听外公说过，上了年纪的人都这样。外公和张希夷如出一辙，一辈子都不愿意说自己保守，最恨别人说自己落后。再往前看，张左曾祖父张济添也是著名的新派，虽然是旧朝遗老，当年也属于维新人士，名列新党之榜，遭到朝廷弃用，郁郁不得其志。

后之视今，亦犹今之视昔，无论张希夷如何强调，如何反对，一次次标榜自己从不落伍，在别人眼里，他就是代表着传统，早就已经掉队。好在他晚年的时代风气，是尊重传统，讲资历看资格，越老越吃香，越老越值钱。古语说寿则多辱，这话用在他身上，正好反过来。张希夷这一辈子，越活地位越高，越活越有身份，用他自己的话调侃，老而不死是为贼，三千宠爱在一身。八十岁为他举办了书法文献展，九十岁是关于他的学术道路回顾周，整整研讨了一个星期。一百岁还没到，张希夷的弟子和学生，为如何隆重庆祝，已经讨论过好多回。

张左与张希夷几乎同时进入同一所大学，在此之前，他是一家小烟酒食品商店的营业员。一九七五年中学毕业，街道办事处以张左不是独子为由，要安排他下乡。那时候外公已过世，外婆身体也不太好，居委会派人上门了解，向街道汇报情况，如果让张左去农村插队，外婆由谁来照顾。知识青年上山下乡到了尾声，不像前些年一刀切，只要能找到理由，就可以逃避下乡，获得留城名额。最后张左被分配到小巷中的烟酒食品商店，一干就是三年。当年在南京城区，类似的小店很多。恢复高考以后，张左参加了考试，最后被南京大学的化学系录取。

对张左来说，考上大学属于非常幸运，录取化学系，是心想事成。当时还填报了数学专业，并不是他对数学有兴趣，根据要求，必须填写两个志愿。张左高考分数还可以，他担心会被数学系录取，随着录取越来越近，对数学兴趣越来越远，担心也越来越重。事实上，不仅对数学兴趣不大，对化学也是自以为有爱好。中学化学老师是隔壁班主任，张左喜欢她班上的一位女生。吴姨女儿素素是工农兵大学生，学的正好也是化学，张左对她一直有些暗恋。于是阴差阳错，化学纯粹成了一种情结。

与张左一同进入大学的张希夷，当时也面临同样困惑。粉碎了“四人帮”，高校迫切需要引进一些人才，张希夷同时被中文系和历史系看中，也就是说，那时候中文系和历史系都想要他，或者说都可以要。张希夷有些为难，一方面，两个系都要他，另一方面，两个系老教授都还在，和真正有学问的老先生相比，他知道自己远不如他们。张希夷的诉求并不复杂，在博物院他只是普通职员，这时候，已经五十九岁，第二年就要退休回家。进入高校，意味着还可以再干几年，可以延迟退休。最后同样是阴差阳错，他选择了历史系，选择了考古专业。

说起考古专业，张希夷也算正牌的科班出身，当年在中央大学学的就是这个，留学美国，学的也是这个。然而他知道，在过去的二十多年，大多数时间所做的学问，与考古基本上没关系。当时中文系的一号老先生与张左外公是好朋友，已经八十多岁，年纪比魏仁都大，学问也更好，对张希夷知根知底。张希夷登门请教，虚心聆听意见，老先生力主他先去历史系，具体落实在哪个专业，并不重要。先进了高校再说，尺有所短寸有所长，取长补短相得益彰，时不我待，真要有心想做学问，在哪都行，只要能做就行。

*

时间退回到四十年前，一九三七年的初夏，十八岁的张希夷中学毕业了。他当时绝对想象不到，接下来会发生一些什么样的事，六月初，通过了自己学校的毕业考试，紧接着七月初，参加教育部举办的全国会考，会考及格，领取中学毕业证书。有了这一纸证书，才能获得报考大学的资格。在这个节骨眼上，张左的曾祖父张济添逝世了，张济添有过功名，张家是世家，就算是有些破败，丧事也不能从简。张希夷是长房长孙，这个规矩那个礼数，一样也不能少，磕了无数头，烧了无数纸，续了无数香，最后自己也生病了。请医生来看，说是受了风寒，中了邪气，需要服中药。

这一年，国立中央大学，国立北京大学，国立清华大学，国立浙江大学，国立武汉大学，在全国进行统一招生考试，也就是俗称的“五大名校联考”。虽然是在病中，联考本身并不紧张，还能够对付，张希夷对考试内容很快就忘了，可是所服食中药的那个苦，却一直牢记在心头。做试卷的时候，他喉咙口全是残存的药味，那种苦涩让人作呕。后来在自述中回忆这次联考，张希夷用了一个十分形象的比喻，说自己当时的状态，活脱像个新婚后害喜的孕妇。

如果不是后来教科书上反复提到，作为土生土长南京人，张希夷对发生在北方的“七七卢沟桥事变”，完全不知晓。会考终于结束，他的风寒也好了，喉咙口连绵不断的苦味，那种动不动想吐的感觉，不再让他烦恼。天气非常热，热得让人无法睡觉，这是一年中最热的日子，仿佛生活在火炉之中。会考后的各地试卷，集中在中央大学评阅，就在这时候，抗战突然开始了。对于南京人来说，真正的抗日战争，从上海的“八一三”抗战开始。这是真刀真枪地打，很快，日本人飞机到南京来轰炸，一时间死伤无数，群情激昂，人们纷纷上街，游行，示威，募捐，呼喊口号。

那是个动荡和激动人心的年代，就在这时候，张希夷被中央大学历史系录取。这也是预料之中。他的英文和古文成绩很好，与其他同学相比，不只是很好，是相当突出。张希夷父亲是大英帝国留学生，学习法律，谈不上有多大出息，法律在中国根本没什么用，对儿子的英文一直抓得很紧。张希夷的古文受教于祖父，老人家从小就让他背古文，背了一篇又一篇，张济添相信只有背诵，才是最有效的学习方法。进了历史系，张希夷攻读的是考古专业，这也是他爷爷张济添生前的遗愿。

录取的是中央大学，这所大学校址在当时的首都南京，可是张希夷没在南京上过一天课。刚报到，学校便西迁重庆，一路颠簸，到达重庆不久，南京沦陷了。大学四年，张希夷算不上用功的好学生，也不能算是不用功的坏学生。国难当头，大家心思很难用在学习上，有一段日子，张希夷兴趣完全不是考古，他更想研究中国的改朝换代，对农民起义兴致盎然。当然也只是脑子里想得多，或者因为老师的课讲得好。大学毕业前，一度还想报名参加远征军，他外语好，可以当翻译，为盟军服务，结果去报名的途中，遇上抓壮丁的国民党军队，看见壮丁像螃蟹一样被捆绑着，就果断地放弃了从军的念头。

这以后，断断续续干过许多事，张希夷当过中学教员，当过银行职员，在一家制造肥皂的工厂，给老板当文书，一度还升级做过襄理。没有一件差事干得长久，终于熬到抗战胜利，国民政府胜利还都，西迁的难民纷纷东归，张希夷没有选择跟着人流返回故乡南京，而是参加留美升学考试，获得了留学美国的资格。在美国一待就是四年多，眼看要拿到博士学位，学位论文已经准备得差不多，张希夷忽然又有了归国的决定。

张希夷的归国与失恋有关，在美期间，他与一位叫卡戴珊的美国姑娘有了恋情。六十岁之前，张希夷从不主动跟人谈及这段异国之恋，除非向组织汇报，除非向造反派交代。向组织汇报，张希夷强调了自己的爱国，控诉美帝国主义对中国人民的不友好，歧视亚洲人。向造反派交代，除了以上两点，张希夷还增加了两点，一是卡戴珊有狐臭，人又太风骚，他很难接受，适应不了。二是卡戴珊个子太高，人太健壮，比他高出半个脑袋，对此也不是很喜欢。这两点说得都有些轻薄，在后来的自述中，张希夷做了检讨，说他当时这么说，只是为了讨造反派喜欢，只是觉得造反派希望他这么说。

在自述中，张希夷几乎用了完整的一章，叙述卡戴珊的故事。他纠正了此前对卡戴珊的不实之词，强调与卡戴珊的那段恋情，其实是非常美好。卡戴珊很漂亮，非常善良，出生于一个比较保守的美国家庭，父母不赞成女儿嫁给一个中国人。上世纪八十年代初期，张希夷在美国读书时的一位中国同学回国探亲，老友相聚，出示了一张当年拍摄的照片。照片上不仅有老同学与自己女友，还有张希夷和卡戴珊。当时是四个人一起去郊游，从照片上看，卡戴珊确实很漂亮，确实比张希夷个子要高一些。老同学与女友结婚了，此次回国也一起同行，卡戴珊因为与张希夷分手，再也没有任何消息。

张希夷说他与卡戴珊的恋情，是人生第一次真正意义的恋爱。此前也短暂交过一个女朋友，那是大学毕业在四川，肥皂厂老板的女儿看中了他，或者换句话说，只是老板夫妇看中自己。交往时间很短，大家都有些勉强，很快觉得不太合适。老板女儿也是受过新式教育，对包办婚姻抱有反感，交往了一些日子，和平地分了手，张希夷也离开那家肥皂厂，两人之间并没有实质性接触。与卡戴珊则不一样，他们在一起同居一年，后来有了孩子，正式去教堂结婚。

导致分手的真正原因，是孩子夭折，张希夷忙于博士论文，无法理解卡戴珊的过度悲伤。他觉得孩子可以再生，可以再生一个健康婴儿。意外夭折并不是张希夷的过错，他们的孩子是个早产儿，生下来后，一直都是病歪歪的，虽然不幸夭折，但未尝就是什么特别糟糕的事情。人算不如天算，他这样说，本来也只是想安慰卡戴珊，希望她从痛苦中解脱出来，没想到却火上浇油，成了分手的导火索。贫贱夫妻百事哀，那段日子是张希夷经济最窘迫的时候，他自小是个公子哥，在抗战期间也有过几天苦日子，可是一旦手上有钱，花起来就是大手大脚，完全不考虑以后怎么过。

*

张希夷从美国回来时，中美关系已经很糟糕，有人好心劝过他，让他不要回国，让他再观察观察。时间是一九五一年春天，这时候，轰轰烈烈的抗美援朝打响了，也就是美国人说的韩战，正打得不可开交，如火如荼。张希夷说他当时多少还是有些爱国之心，既然中美如此敌对，为什么非要赖在敌国不走呢。况且自己已与卡戴珊离婚，美利坚合众国并没有什么值得他太留念。张希夷在美国学的仍然是考古，论文说的是中国地底下的文物，他的导师威尔逊也赞成他回中国去做学问。

回国买的是美国到香港的船票，从香港到广州，坐火车到上海，从上海回南京。一转眼，离开家乡十四年。离开南京的那一年，祖父张济添过世，这次回来，母亲也过世了。父亲还健在，已经有了续弦，也就是为他找了个后妈。到家与家人相聚，老老少少，先一起上馆子聚餐，然后弟弟妹妹分别向张希夷告状，诉说后妈种种不是，说她在经济上如何克扣，对老爷子如何照顾不周。回国前，张希夷曾写信与父亲商量，问及找工作事宜，父亲回信说，你一个堂堂美国留学生，回来报效祖国，还害怕找不到工作，他忘了自己就是学习法律的大英帝国留学生，忘了自己一辈子都没找到过合适的工作。

一年以后，经历了十分严格的政治审查，反复地甄别，张希夷总算入职南京博物院。这个博物院，前身是国立中央博物院，创建于一九三三年。和北京故宫博物院一样，其中很多精华，已被国民党带到台湾去了。不过瘦死的骆驼比马大，即便有这样那样的损失，馆藏依然足够丰富。接下来，听到最多的词汇是思想改造，是劳动锻炼。运动一个接着一个，要让知识分子洗澡，要让资产阶级知识分子，变成无产阶级知识分子。博物院的生活相对平静，张希夷从来就是喜静不喜动，因为美国留学生的身份，很容易被怀疑成美蒋特务。审查来审查去，交代完再交代，玩到最后有点荒诞，审查的人相信他不可能是美国特务，张希夷则怀疑自己是不是真有问题。

张左的母亲魏明韦早在十四岁时，就参加过南京地下党领导的寒假生活营。那时候，还是汪伪时期，魏明韦还是一名初中生。在生活营里，与同学们一起，歌唱进步歌曲，阅读进步书籍。她积极向上，一直都在追求进步，在地下党组织的引荐下，十八岁时正式参加了共产党。入党的第二年，南京解放了，共产党得到天下。当时的魏明韦可以说是前途似锦，她根正苗红，又光辉又灿烂。张希夷回国，与魏明韦初次见面，她问的第一句话就是：

“从黑暗的资本主义社会，来到光明的社会主义社会，你不会感到后悔吧？”

听上去很像是一句玩笑，又不太像。张希夷有些哭笑不得，不知道如何应答。事实上，这句话对于魏明韦来说，既是玩笑，又不是玩笑，既大大咧咧，又一本正经。当时是在吃饭桌上，张希夷去张左的外公家做客，外公留他吃晚饭，两人正喝着酒，魏明韦穿着列宁装，从外面下班回来，弄明白张希夷是谁，互相招呼，很不客气地问了这么一句。张希夷心里不由咯噔一下，暗想这个小妹妹怎么会变得这么厉害。说起来也是老相识，小时候见面不能算，那时候她还是小黄毛丫头，谁想多少年后初次见面，刚二十二岁的魏明韦，竟然这么咄咄逼人。

张希夷比魏明韦大十一岁，他们的婚姻有点像火星碰地球，本应该是个非常小概率的事。两人性格中有太多不和谐，太多的难以理解。他们的结合从一开始就是错误，魏明韦热情似火，心直口快，嫁给张希夷，用她自己的话说就是，要改造好他的思想，要让张希夷建立工人阶级的正确立场，要让他建立正确的观点和方法，只有这样，才能很好地为人民服务。年龄虽然要小许多，然而在张希夷面前，她更像一个革命的老大姐。张希夷在自述中，说起这一段婚姻，也是说他当时思想比较落后，与她结合，成为革命伴侣，更有利于自己的思想改造。

魏明韦后来承认，自己当时看中张希夷，不是因为他是美国留学生，那时候的女孩子，思想都很进步，并不觉得留洋回来的男人有什么了不起，不过张希夷人长得很精神，很帅气，女人难免会喜欢帅气的男人。她已经二十二岁，在那个年代，女孩子到这岁数，也不能算太小，关键在于张左的外公和外婆，都很喜欢张希夷。解放后实行新婚姻法，男女婚姻自由，父母之命可以不从，媒妁之言可以不听，男大当婚女大当嫁，这个谁也拦不住。

魏明韦与张希夷之间有太多的不应该，她觉得自己与张希夷的关系，她可能更主动一些，两人很相爱算不上，很相恨更算不上，只是有些遗憾，有缘而无分，注定不能白头到老。一九七八年落实政策，改正错划“右派”，魏明韦又一次回到南京，回到了市机械局，她就是在这个单位被打成“右派”。事过多年，仍然坚持认为当年自己是被错划，不应该把她打成“右派”。不是因为她当时思想有什么问题，完全是个人恩怨的打击报复，也就是说，是当时有关领导的错误决定。

婚后的张希夷和魏明韦，似乎一直都处在运动之中。他们属于不同的单位系统，各自上班，张希夷和魏明韦经常会好多天不见面。博物院的库房动不动就是搬家，一会往东搬，一会往西挪。有一段时间，张希夷上班只做两件事，搬家，为搬动过的文物写卡片，填登记表。魏明韦则是没完没了地集中学习，学习一结束，又立刻深入基层工厂，指导这个指导那个，即便已经怀孕了，仍然还是这样。在轰轰烈烈的反右运动中，魏明韦突然被打成了“右派”，回到家中，向张希夷诉说委屈，发牢骚，张希夷安慰说：

“你应该好好地想一想，要想明白自己为什么会犯错误。”

“我犯什么错误了？”

“你反党了。”

“谁说我反党了？”

魏明韦在婚后始终处于强势，她想到自己在单位里受委屈，回到家里，居然还会被思想落后的丈夫质疑，心中顿时怒火万丈。让魏明韦更加难以接受的，张希夷不仅质疑，而且还主动检举揭发，说自己的思想觉悟不够高，一直都以为魏明韦思想进步，没想到她竟然会是个反党分子。多年以后，魏明韦成了一名离休干部，她回忆当年，说当时要离婚也是她的意思，张希夷并不想离，魏明韦坚决要离。她觉得被张希夷这样的书呆子质疑，被他检举揭发，是不能容忍的，是可忍，孰不可忍。

张左和张希夷

一九八二年一月初，张左大学马上就要毕业，临毕业，辅导员挨个找大家谈话。轮到张左，辅导员说你这情况比较复杂，可以留在南京，也可以不留南京。情形和中学毕业后该不该下乡的遭遇相似，张左并不能算是独子，他母亲再婚，又生了三个孩子，他父亲也再婚，虽然没生育，可是有个继女，由于长期在一起生活，从法律上来讲，也可以等同亲生子女。因此他没有资格享受独子留在父母身边的待遇。张左对自己是不是要留南京，并不是很在乎，不过当时他已经有了对象，对象是南京人，她对张左是不是留在南京，非常在乎，觉得这并不是小事。

张左的对象叫卞敏霞，一直到离婚，他都是叫她“小卞”。小卞与张左同校，低一级，是历史系七八级的学生。她听说张左毕业分配，有可能不留在南京，便让他去找自己父亲张希夷。张左也就是在那时候，发现对父亲的了解，还不如自己对象小卞。小卞告诉张左，张希夷是历史系这次评上的唯一一名博导，这个博导含金量非常高。能评上“文革”后第一批博导的人数非常少，当年在申报时，历史系的著名教授里排名第一的老先生已经过世，正处于青黄不接之际，校方反复平衡，精心设计，最后为张希夷量身定制了考古史。在考古学方面，张希夷有影响的论文并不多，可是他是国外名校的留学生，在同年龄教授中，有这资历的绝无仅有。

第一批博导的光辉，奠定了张希夷此后的显赫身份和地位。有时候，机会就这么来了，天上突然掉块大馅饼下来。历史系一号老先生不在了，二号三号四号老先生还在，二号老先生岁数太大，比一号老先生都大，身体也不太好，不能进入评定名单。三号老先生很有学问，毫无疑问比张希夷更有资格，更有学术地位，可惜“批林批孔”运动中，表现太过积极，跟“四人帮”走得太近，竟然给江青写过几封信，在学界名声极坏，就算是报上去，肯定也会被评委淘汰。毕竟“文革”结束不久，大家记忆犹新，这种事情是不太肯原谅。四号老先生的学问，与张希夷旗鼓相当，只比张希夷大一岁，他与当时的校长是儿女亲家，据说为避嫌，内部讨论时，校长投了张希夷一票。

都说张希夷最初是沾了年龄的光，最后也是这样。一开始，是因为年轻，顶替了二号老先生。三号老先生后来再评，已经是第二批，说是过七十岁，不能再评，讨论了半天，连报上去的资格都不具备。四号老先生第二次报上去没评上，直到七十岁退休前，第三批才赶上一个末班车。这以后，张希夷成了当仁不让的第一号人物，在这个位置上越坐越稳，他活得又长久，年龄越大，资格越老。刚评上博导，还会有人不服气，觉得名不副实，渐渐地，别人想不服气都不行，能称为老先生的，包括比张希夷年轻的，一个个都不在了，都走了，张希夷仍然还是很健康，精力充沛。

张左与小卞去见张希夷时，他刚评上博导，刚在学校分配了新房子。这已经是他第二次调整新居，进校不久，学校分过一个小套给他。原来在博物院分配的房子，腾出来让继女素素结婚。张左他们去的那天，吴姨正在为素素整理嫁妆，沙发上堆的都是新的绸被面。张希夷见张左带着一个女孩子来，有些诧异，问他有什么事。张左怔了怔，开门见山地问张希夷，能不能跟校长打个招呼，让他可以留在南京。

当时是在客厅谈话，张希夷没听明白，张左又说了一遍，张希夷直截了当地拒绝了：

“这怎么行，校长那么忙，有太多的事要做，才不会管你一个大学生应该如何分配。”

张左立刻哑口无言。

张希夷看了看吴姨，回过头来，对张左说：

“大学分配这种事情，应该服从组织安排。”

张左无话可说。

小卞也有些尴尬，没想到他们父子之间，会是这样的对话。而且张左傻乎乎的，也不介绍小卞是谁，这样一来，她傻傻地站在张左旁边，说话也不是，不说话也不是。还是吴姨解了围，问张左这位是不是他女朋友，问明白了以后，吴姨又主动与小卞敷衍，小卞也因此从尴尬中解脱出来。张希夷听说小卞是历史系的学生，脸上开始有了笑容，问她有没有听过自己的课。张希夷给本科生开的是选修课，小卞并没有选，不过她听过他的讲座。

胡乱地聊了几句，小卞解释说张左想留在南京，也是为了以后和将来，对家中的老人可以有所照顾。吴姨听了这话，顿时不乐意，冷笑着，说这个倒也用不着，用不着你们操心，我们呢，确实是年纪越来越大，不过我们的女儿素素很懂事，她会照顾我们，我们有她照顾就行了。说着，似笑非笑地看着张希夷，让他表态：

“老张，你说我说得对不对？”

离开时，张左心里很不痛快。今天只是自己碰壁，只是自己出丑出洋相，也就罢了，没想到会害得小卞跟着一起受委屈。小卞倒是一副无所谓的样子，走出来很远，才安慰张左，说我总算明白后妈是怎么回事，总算明白你为什么不太愿意找你爸，没关系，我们另想办法。小卞说到做到，她父亲是某机关不大不小一位领导，小卞让他为张左的分配想办法，未来的岳丈嘴上说不一定有办法，说开后门不太好，可是立刻就打了电话，托人去打招呼。结果，张左还是留在了南京，有两个选择，去化工局搞行政，去中学当老师。张左不愿意搞行政，选择了去中学。

小卞比张左低一级，时间上只相差半年，他去中学报到，不久小卞也毕业，去了省级机关事务管理局。张左说你一个学历史的，去那个地方干什么，有什么意思。小卞说我也知道没意思，不过跟你说实话，学历史更没意思，我从来也没觉得学历史有什么好玩，女孩子学历史，从一开始就是错误。小卞承认自己上大学只是为了混个文凭，这一代人中小学没好好地上课，数理化程度一塌糊涂，考文科是没办法，像张左这样，居然还考上了化学系，真是太不容易。

大学毕业了，自然要考虑结婚，婚房倒是现成，就是原来外公的房间。外公过世，张左搬进了这个房间，这是小楼中最好的一间房子。有一段时间，一直都是张左一个人住。改正错划“右派”，魏明韦先回来，很快陆师傅和三个孩子也一起过来，住进了小楼。张左上大学，住学校宿舍，他的房间一直空关着。魏明韦听从前同事的意见，以无房户身份回原单位，先取得了一间单身宿舍，这样就有了新房的分配资格。根据当时公房政策，有私房的不可以参与分配。陆师傅带着三个孩子回来，户口也落在魏明韦单位，就是机械局宿舍，因此虽然住小楼里，户口并不在这。

因为地处市中心，早在上世纪八十年代初期，就有风声要拆迁。当时城建拆迁很野蛮，主要是看户口，私产保护几乎不存在，也就是大概估价，三钱不值两钱地就打发了。因此最好的办法，先找买家出手，卖掉房子。旁边一家福利好的单位，正准备盖房子，看中了这块地皮，可是公家不可以买卖私房，就请懂行的人帮着操作。借张希夷的名头，买下这个小楼，当时作价一万人民币，钱是福利好的那家单位出的，张希夷不过出个人名，然后再搞转赠手续，将房屋转赠给福利好单位，双方签字盖章，私转公便告成功。

本来很简单的一件事，当时也绝对程序合法，福利好的单位许诺，在原址新建公房后，按户口，每户给一个小套。对张左夫妇来说，这是件好事，老房子卫生设备早就不能使用，能搬进新房子求之不得。但是陆师傅不干了，他已经住在这，虽然户口不在此处，按照现在这样的操作，岂不是要把他们赶走吗。魏明韦不吭声，她在机械局新分了房子，有了公房，不能再说话。陆师傅的态度很坚决，他可以和魏明韦离婚，离了婚，他和三个孩子没地方住，怎么办。这有点胡搅蛮缠，当时社会风气，就吃这一套，福利好单位也没办法，只好答应再拿出两个小套，给张左的两个异父兄弟。

张左的大舅二舅在国外，对卖房子不发表意见。小舅在宝鸡，对卖房子也没什么意见，毕竟也是迫不得已，可他有意见的是卖房子那一万块钱。一万块钱进出与张希夷无关，最后应该落实到谁的手里，总不能让魏明韦一家，得了那么多套房子，又不声不响地把卖房款独吞了。大舅二舅发表意见，说小妹吃了很多苦，只有他们家生活在南京，这钱就给小妹吧，外公在世，最疼小妹，这钱给了她，老人家也不会有意见。小舅坚决不答应，那年头，一万块钱对国内的人来说，不是小数目，他提出来要打官司。

真的差点闹上法庭，闹到最后，经过多方调解，这钱一分为二，小舅和魏明韦各得五千元。魏明韦从此不与小舅来往，所得的五千元重新进行分配，她和陆师傅得一半，剩下的二千五，四个孩子平分。

*

外公在张希夷结束干校劳动不久过世，从干校回来，过一段日子，张希夷就会过来看望外公，谈谈读书做学问的体会，留下来吃顿便饭。也正是在那段时间，外公身体突然就变得不好了，去医院看病，也查不出有什么太大问题，医生说岁数大了，建议吃些中药。外公过世，张希夷匆匆赶过来，脸色阴沉，跪在地上，给外公磕了三个头。

这以后，有相当长时间，张希夷没再露过面。外公有退休工资，他老人家在的时候，日子还好过。外公走了，外婆没了生活来源，靠存款过日子，岁月立刻开始变得艰辛。刚开始的怨言，还是觉得多了张左一张嘴，毕竟两个人花销，要比一个人大，因此她动不动会冒出来一句，你为什么不跟你爸去过，他是你爸，为什么他就不能养你呢。这些话从来只是嘴上说说，外婆并没有真赶他走过。

过了也就一年多，外婆身体也开始走下坡路，先是一条腿变得僵硬，走路必须要用拐杖。于是许多家务事，不得不交给张左去做，譬如买菜，又譬如倒马桶。张左家小楼原本挺不错，有卫生间，有抽水马桶，但外面的下水道年久失修，张左记忆中，自他懂事后，好像从未畅通过。老是要堵塞，最后是绝对不能再使用，只好与周围老百姓一样，不得不用马桶，天天要去倒。刷洗马桶向来被认为是女人做的事，张左为此非常难为情，时间久了，也就习惯成自然。

外公的一位学生，过来看过外婆几次。这位学生对外公十分敬重，不过外公生前并不是很喜欢他，觉得他太笨。每次来，对外婆都有所接济，会留个五块钱十块钱，外婆感到难为情，说怎么可以用你的钱呢，老头子要是知道，会怪我的。这位学生走了，外婆便会忍不住嘀咕，说知人知面不知心，要说天下最黑良心的，就是你的那个爸爸，这个张希夷吃了我做的多少顿饭，我们帮他养儿子，帮他这样，帮他那样，他呢，唉，不说他了。

晚年的外婆全靠张左照顾，张左中学毕业，上班当营业员，下了班忙这忙那，尽心尽力。外婆感到欣慰，常对人说，我这个外孙，真是没白养。有时也对张左发出感叹，说外婆拖累你了，我还是死了算了。张左也不知说什么才好，他不太会安慰人，没觉得这是一种拖累，反正是应该要做的，他不照顾外婆，谁来照顾呢。好在他上班的商店离家不远，一起上班的同事，都知道他家里有个瘫痪的老太太要照顾，对他也是网开一面，他要请事假或病假，迟到或者早退，都是睁只眼闭只眼。

外婆逝世前，吴姨来过一次，空着手来的。那时候外婆已卧床不起，吴姨说来看看外婆，其实是来告状，那时候，她刚从下放的地方重新回到南京，见了外婆，先诉说这几年吃的苦，诉了一会儿苦，又说在下面也不算特别苦，工资照发，乡下东西还便宜，当地老百姓尊重她，知道她是著名演员。如果不是想到以后南京看病方便，不是想到女儿素素的前途，在乡下一直待着也没关系。聊了半天，话才转入正题，原来她回南京后，与张希夷又有了联系，大家都吃过苦受过罪，又有了破镜重圆的意愿，又住到了一起。吴姨说当初就不应该离婚，说他们还是有感情基础。

吴姨说她和张希夷同居后，才发现他还有别的女人。外婆听她这么说，便让张左离开，吴姨说张左不要走，他也不小了，让他也听听，让他知道知道张希夷是个什么样的货色。吴姨说张希夷与一个姓胡的女人不干不净，这个姓胡的女人是博物院一位老先生家的保姆，这个保姆很厉害的，解放前是上海一位著名画家的女佣，能烧一手好菜。张希夷是单身，在老先生家尝到了她的手艺，便也约她每周为自己做几个菜，改善一下伙食，一来二去，就那个了。

时隔多年，张左再次看到吴姨，他首先想到的是素素，想到张希夷和吴姨带他们去中山陵玩，他与素素往高处爬，站在高处往下看。那以后，他就没有再见过素素。现在，张左当然知道吴姨说的“就那个了”是什么意思，他不明白的是她为什么要跑来说这个。吴姨说不仅有这个姓胡的女人，张希夷还和一位有着三个孩子的年轻女人不清不白，这年轻女人的丈夫是造反派，武斗时把小命给送了。

外婆听了，摇着头说：

“想不到他会是这样一个东西，会这么不要脸。”

吴姨脸上表情很夸张地说：

“说给人听都会不相信，他就是这样不要脸。”

吴姨走了，外婆咬牙切齿地对张左说，过去我和你外公，总觉得你妈太要强了，总觉得你妈也有点不对，现在想想，你那个爸爸张希夷真不是东西，一脑子资产阶级坏思想，一脑子资本主义。外婆说，我死了，你也不要去告诉他，我生不想见他，死了也不想见到他。外婆是带着对张希夷的愤恨离世的，这一点张左始终不能想明白，为什么她老人家临终前，没有想到大舅，没有想到二舅，没有想到小舅，也没有想到魏明韦，外婆总是在喋喋不休地念叨张希夷，恨他对张左不闻不问，恨他对张左没尽到抚养的义务。尽管张左已经成人，已经可以独立生活，外婆仍然还当他是个孩子，对他的未来不能放心。

外婆过世，魏明韦和小舅都赶回来奔丧，魏明韦是独自来的，小舅带着两个儿子，匆匆来去，也没什么说话的机会。大家都走了以后，张左第一次感受到了孤独。突然发现原来独栋的小楼，居然会是那么大，那么空旷，那么多房间，阁楼上有那么多灰尘。多少年来，他一直与外公外婆生活在这，外公死后，张左与外婆相依为命，现在，他将开始真正意义的独自生活，好在已工作了，有一份不太高的薪水，衣食已经无忧，可以这么浑浑噩噩地过下去。

如果不是恢复高考，未来的生活会是什么样子，无法想象。张左并不是一个积极向上的人，他从来没觉得自己应该要求上进，恢复高考，能够考上大学，最要感谢的是烟酒食品商店的无聊。那年头当营业员很清闲，因为物质极度匮乏，买什么都要票，烟票酒票酱油票，连肥皂和卫生纸都要票。当时每家每户都会发一种豆制品副票，上面是编了号的，到时候会发出通知，具体什么号码，能买什么样的物品，遗失不补过期作废。

张左的同事是两位中年妇女，她们的年纪可以当他的母亲。本来还有个老头，张左上班不久便退休。营业员的工作实在无聊，上班除了等待下班，并没有太多的事需要他去做。两位女同事对张左都很好，其中一位同事长得特别像吴姨，尤其是眼神像，看人时眼睛会闪闪发亮。都说女儿会像妈，无聊的时候，张左便会联想到吴姨的女儿素素，想到她小时候的样子，想到她以后很可能也会像吴姨一样，也就是眼前中年妇女的这个模样，便忍不住要笑。

事实上，吴姨在那次上门告状后不久，就正式与张希夷复婚了。外婆过世的第二年，她带着素素又一次上门，听说外婆已走了，大吃一惊，眼睛顿时红了，很伤心地流出眼泪。素素默默看着张左，不说话。自那次去中山陵游玩，这是第一次又见到她，此时的素素已二十岁，美丽动人，一所师范学校的工农兵大学生。工农兵大学生是“文化大革命”的产物，素素跟吴姨下放农村，初中毕业插队，不久因为普通话说得好，成为公社广播员，以后又借调到县人民广播电台，再以后，便被推荐上了大学。

与素素再次见面，张左激动不已，平静的生活立刻变得不再平静。他忘不了那次玩中山陵，那时候张左和素素都很小，他还只上小学一年级。这件事久久不能忘怀，与童年和少年时太多的寂寞有关，魏明韦从未带张左出去玩过，张希夷基本上也没有。那次玩中山陵之外，张左与他在一起相处，也就是干校那几天。因此对素素的记忆，其实就是对家庭的记忆，就是对父亲的记忆，它意味着一种对正常家庭生活的渴望。张左常会有一种错觉，觉得吴姨才是他妈，而素素则是他姐姐，与这个姐姐相比，父母更喜欢女孩子，他们不喜欢男孩子，所以张左被扔给了外公外婆。

素素大学学的是化学，怎么就谈到这个话题，怎么就有滋有味地开始讨论，张左已回想不起来。这显然不重要，重要的是他和素素从此有了联系，然后就连绵不断，一直都保持。他们都默认了那种不同父不同母的姐弟关系，都对对方怀有好感。吴姨那时候刚拍完一部电影，她扮演了一位农村妇女，可惜内容与反击右倾翻案风有关，最后并没有能够公映。吴姨告诫张左，不能满足于一直当个营业员，应该抽空读些书，看些好的外国小说，他毕竟还年轻，要积极向上。素素则是鼓励他，希望他能像她一样上大学，学什么不重要，关键要不断地学习。这次见面，她们好像就是专程过来为张左打气的。

*

对张左来说，粉碎“四人帮”，最大好处是恢复了高考。不恢复高考，永无出头之日，永远都是个站柜台的营业员。不恢复高考，不可能离开小巷深处的商店，不可能有上大学的机会。与当营业员相比，他毫无疑问更愿意上大学，更愿意当化学老师。很长时间，他一直觉得对化学有兴趣，一直觉得自己喜欢化学。渐渐地，张左开始有所怀疑，开始厌倦，想改行，想干些别的什么事。作为一名中学老师，他最多也只能算称职，反反复复教同样的课程，始终面对同样的高考升学压力，这与当年的站柜台一样无聊。

高考改变人生，调整了命运，也促成了张左和小卞的姻缘。不恢复高考，他们不可能走到一起。都说干一行讨厌一行，与张左情况相仿，小卞对自己工作也不满意。机关事务管理局干的活，全都是婆婆妈妈，什么破事都管。西方政府有不管部，有不管部长和不管部大臣，管的事比其他部门更多。“文革”后最初毕业的两届大学生很吃香，各单位青黄不接，急需用人，无论张左还是小卞，即使对自己工作不太满意，仍然不影响成为业务骨干。张左是教研组长，小卞没几年提了副处。他们有个儿子，小卞单位又分了新房，原来的小套，换成两室半的中套。

一九八九年以后，小卞遇到了人生瓶颈，突然动了要读在职博士的念头，张左觉得这不太可能，她根本不是个读书人，也不喜欢历史。结果还是考上了，小卞说在职博士就是蒙人，凭我这外语水平，凭我这管理局的副处头衔，最关键一点，还是张希夷的儿媳妇，他们说什么也得录取吧。小卞并没有去找谁，并没有动用张希夷这块金字招牌，她只是嘴上这么说说。这时候，张希夷在历史系的地位，在学界的影响，已经无人可以撼动，她根本不用再托人去打招呼。

接下来，小卞的人生开始步入辉煌，博士还没读完，她就跟着历史系同学辞职下海做房地产。改革开放后，文科生中敢在商海打拼，最后又获得成功，绝对是学历史的居多。用小卞的话说，我们学历史的人，更具有超前眼光。当然只是一句玩笑，历史系出身的，还真是人才济济，小卞一连报了几个房地产大亨的名字，说谁谁是学历史的，谁谁谁也是学历史的。隔行如隔山，张左并不知道这些谁是谁。小卞成了人生的赢家，说起来是在做房地产，其实是房地产公司里的高层，分管人事和财务，拿非常高的年薪，忙得不可开交。

一九九九年的秋天，张左和小卞分手了，离婚的导火索是儿子的中考。儿子张卞性格有些叛逆，初中升高中没考好，小卞决定让儿子去英国留学。平时张卞的学习都是由张左负责，儿子没考好，责任当然在张左。小卞因此很自责，说没想到你就是这样管儿子的。接下来，前前后后都是小卞做主，联系学校，送儿子出国，都是她一手操办。最后，儿子安顿好了，小卞很认真地与张左摊牌：

“张左，你我的缘分到头了，我们离婚吧。”

张左很吃惊，虽然心里已经有所准备，还是觉得很突然。说分手就分手了，自从下海经商，小卞变得越来越难以捉摸，她变得有些神秘，张左根本不知道她成天在忙些什么。有些事是阻拦不了，张左并不想离婚，强扭的瓜不甜，小卞要离，他也就只能随她了，张左只是想要一个答案。

“为什么？”

“不为什么，就是缘分到头了。”

小卞不愿意解释，她只强调了一点：

“我没有做任何对不起你的事情，这个，你用不着多心。”

小卞把房改房留给了张左，又留了不小的一笔钱给他，然后净身出户。张左有些莫名的惆怅，倒不是感情上的依依不舍，而是不习惯那种久违的孤独。儿子不在了，老婆也没了，他好像又重新回到了外婆过世后的那段日子，心情变得非常不好。这样懵懵懂懂过了三年多，儿子在英国高中毕业，选了一家仅次于牛津和剑桥的名牌大学读书。小卞突然打电话给张左，约他一起去英国看望儿子。张左喜出望外，儿子出国，三年中只回来过一次，与张希夷不一样，张左心中一直惦记儿子，毕竟在国内时，儿子都是由他照顾，张左真的很想念儿子。

出国探亲这事，都是由小卞手下的人代办，当然是很顺利。这是张左第一次出国，乘坐的竟然是公务舱。三年多不见，小卞没什么变化，依然那么精干，办事更利索，说话更干脆。到了伦敦，有一位女司机来接，这是小卞事先雇好的专职导游。见面前，小卞白了他一眼，说：

“我没跟导游说我们的事，你就装糊涂好了。”

张左立刻明白，小卞是不想让导游知道他们夫妻已经离婚。从伦敦直接驱车，去儿子所在的城市，先入住一家五星酒店，然后去看张卞，把儿子接到酒店一起住。订了三间房间，有一间是为女导游预订的，没想到她在这个城市有相好的情人，当晚要住到他那里去，儿子傻乎乎地说：

“这样也好，我们可以一人住一间房。”

吃完晚饭，海边散了一会儿步，回房间说话。儿子说学校里的情况，小卞听着听着，睡着了，她显然是太累，没有休息好。接下来，由导游陪同游览英伦三岛，这一路，都是住最好的酒店，张左和小卞住一间，儿子单住一间，导游另住，因为旅游公司有规定，会安排导游的住宿。儿子嫌张左睡觉打呼噜，不愿意跟他一间，小卞就让张卞跟自己住，儿子说，你是女的，我才不会跟你住呢。张左和小卞知道，儿子其实是希望他们复合，故意这么说的。

与小卞在一起，很有些鸳梦重温，既陌生，又熟悉。张左说，我现在睡着了，可能会打呼噜，会影响你睡觉。小卞便说，你真要是打呼噜影响我，我就给你另开一间房。结果张左没有什么呼噜，呼噜声更响的，反而是小卞。她好像平时太缺睡觉，只要有机会，就一直睡，一直在睡。在床上，在浴缸里，在旅途中，一连昏睡了几天。终于变得清醒，开始愿意跟张左说说话，聊聊天，问他这些年有没有别的女人，有过几个。张左说没有，真的没有。小卞说你用不着瞒我，有也很正常，没有呢，也正常。小卞又说，当初提出来要分手，并不是说她有了别人，并不是觉得张左有什么不好，是觉得像她这样，确实不太适合有家庭，不适合当别人老婆，太耽误人家，她如果不提出分手，这是不对的。

小卞非常诚恳地向张左表示歉意，当初提出离婚，她很纠结，很难受，因为张左父母是离婚的，她知道张左很在意家庭的完整。事实也证明，张左其实是一个非常不错的男人，一个很称职的丈夫。小卞父母刚开始不赞成他们谈恋爱，理由是父母离婚家庭的孩子，心里会有阴影，以后很可能会重蹈父母覆辙，没想到最后提出来要分手的，竟然是小卞，她觉得自己这么做，真的很对不住张左。

小卞与张左相约，如果到六十岁，她还是单身，他也还是单身，他们两人就一起养老。到那时候，把第三代也接过来，让他们也好好地享受享受，享受一下当爷爷奶奶的清福。小卞说到时候我会主动来找你，我们先说好，先这么说好，如果你愿意等，如果你还是一个人，大家就真的在一起，再不分开。

*

张左对张希夷一直有这么个童年记忆，他与吴姨结婚后，怕老婆，什么事都是吴姨说了算。传说张希夷可怜兮兮地到处跟别人讨香烟抽，理由是吴姨在经济上控制，不让他抽烟。又说他穿衣服，穿来穿去，总是一件四个口袋的中山装，上衣口袋永远插着两支钢笔，也是因为吴姨对人民币的管控，没钱买新衣服。这都是“文化大革命”前的旧事，外婆经常会当笑话讲给张左听。由此也得出一个简单结论，因为怕老婆，所以张希夷也不敢去看儿子。童年记忆中的张希夷，一直是个懦弱男人，一个书呆子，别人说起他，难免都带有一些取笑的意思。

男孩子不会喜欢一个文弱父亲，童年记忆让张左对张希夷的感情，打了一个大大的折扣。相比较而言，虽然没血缘关系，儿时的张左更喜欢吴姨，首先外公和外婆喜欢她，她拍过电影，是个有名的演员。其次她强悍，就像在舞台上扮演的那个坏女人一样，男孩子有时候会觉得坏女人挺好玩，譬如说女特务。小时候见面不多，吴姨并没给张左留下太坏印象，起码每次遇到，表面上都还算客气。如果说后来有过不愉快，就是那次与小卞为工作去找张希夷，那一次，吴姨真是太不客气，太不给面子。从那以后，她的态度完全改变，对张左始终抱有一种莫名其妙的戒心。

张希夷的形象也被吴姨那次登门告状，彻底颠覆了。根据吴姨的描述，张希夷简直就是个大流氓，一个不折不扣的下流坯，他和姓胡的保姆有过私情，还和有了三个孩子的年轻寡妇有过一腿。张左从小接受正统教育，这种事照例都是非常无耻，只有坏人才会这么干，才可以这么做。更让张左感到吃惊，与张希夷有过苟且的那个保姆，那个胡阿姨，在张家当保姆，一直干到七十多岁。也就是说，吴姨与张希夷复婚，明知道曾发生过那样的故事，这位善于做一手地道南京菜的胡阿姨，依然还能泰然自若，依然还能在女主人吴姨满怀妒意的眼皮底下，继续做她的保姆工作，一直干到再也做不动。

张左有时候也怀疑，传说中这事那事，其实很可能是捕风捉影，根本就没事。曾与小卞讨论过父亲可能有过的风流，她对这事倒是很看得开，说你爸首先是个男人，年轻时应该还是个很帅的男人，有点这有点那，也不奇怪。小卞见过姓胡的保姆，吃过她做的菜，对她印象并不坏。小卞说女人漂亮不漂亮，有时候也无关紧要，有时候，能做一手好菜，比漂亮更讨男人喜欢。小卞还说你爸这人，很可能是个直截了当的男人，根据我的判断，不太可能在女人身上花太多时间，有出息的男人都这样。

张希夷晚年成了他所研究领域的祖师爷，他的弟子和学生，遍布各大高校，占据重要位置。学界有种种传闻，说张希夷是一棵大树的根，根深则叶茂。都说他做学问擅于布局，能够开风气，他的学生只要肯学，肯下功夫，按照他设计的思路深入研究下去，发扬光大，便能够曲径通幽，前途无量。名师出高徒，强将手下无弱兵，张希夷太厉害，在学术上没有点成就，没有点江湖地位，都不好意思称自己是他的学生。在声势浩大的学术道路回顾周活动中，高龄九十的张希夷神采奕奕，做了一个多小时的演讲。他回忆了自己的人生，总结成功经验，无非是干活，一直都在干活。张希夷强调他一生的经验，在于坚持不懈，在于不浪费时间，没有浪费时间。

张希夷回忆人生，说自己这一辈子，也浪费过三次时间。一是大学毕业，没找到正经工作，东一榔头西一棒，活活糟蹋了一段日子。再就是回国，在博物院里打杂，动不动搬家，整天搬箱子，没完没了登记卡片。三是在干校养牛，吃辛吃苦把牛养健壮了，为了什么，为了让它在春耕时可以犁地，结果呢，要过年了，先拉出一头来杀了吃了，水牛肉又不好吃，杀它干什么。说起干校这段日子，张左已开始有印象，毕竟在那里待过，虽然短短三天，隔着时间长河，重新回想都不太真实，然而张希夷半夜起来，在风灯下看书学习的情景，仍然记忆犹新，历历在目。

张希夷的用功，确实有过人之处。他一生中只要有时间，一定是在读书学习，能不放弃绝不放弃。这也是外公喜欢他的原因，外公曾十分后悔负气离开高校，放弃了一个做研究的好机会。在张希夷的演讲中，他又一次说到这个故事，有时候，负气出走并不能解决问题，关键还是要把学问坚持做下去。张希夷的学生经常会跟学生谈到忍辱负重，这是他们导师传授的制胜法宝。做学问靠的就是一个熬字，熬了才可能出头，熬了才会有机会。一个人不可能一辈子都顺心，都事事如意，总会有些沟沟坎坎。

张希夷的学术道路回顾周活动，在他学生的学生建造的私人山庄进行，这学生下海经商，赚了很多钱，是这次活动的重要赞助商之一。听了张希夷的演讲，学生的学生大发感慨，说自己生意虽然做得风生水起，可是最后把学问丢了，这个实在是有辱师门。他的博士论文是《中国农民起义中的经济原因》，非常好的一个选题，可惜写到一半，这样那样原因，并没写完。有人劝他找枪手帮助完稿，他也确实动过这念头，最后想想也没必要，做学问就跟娶老婆一样，本来是自己的事，自己不做，让别人去做，何苦呢。

整个回顾活动就像一个大派对，或者说是师门的大聚会。为了这次活动，筹备小组一个多月前就成立。领衔挂名的是张希夷大弟子严群峰，他是学界领军人物，是文科教授中的资深教授。具体操办人是历史系支部书记徐丽华，也是张希夷的在职博士。还有就是素素，早在十多年前，素素已调到历史系资料室工作，资料室是挂名，实际干的活是张希夷的秘书。为了素素的调动，还发生过一些小小不愉快，最初是想调张左，起因是他借调在出版社，参加了张希夷文集的编辑工作，活干完了，不想再到中学去教书，便与当时一起参加编书的徐丽华商量，能不能调到他们系里去，徐丽华一口答应。

眼见着事要办成，让吴姨知道了，正好素素在机关里很不开心，也想调换工作，说既然是要调人，为什么不调我们家素素呢。系里只好再征求张希夷本人意见，张希夷连想都没想，一锤定音，说当然是应该调我女儿。于是张左的调动就黄了，煮熟的鸭子顿时飞了，他跟自己单位领导都打过招呼，告别酒也喝过了两次，没脸再回到中学去，便赖在出版社不肯走。最后也是张希夷的弟子出面，跟出版社老总疏通，才解决了工作调动。这以后，张左一直在出版社上班，不仅为张希夷编书，也为他的学生编书。他是学化学出身，编史学方面的学术著作难免吃力，不过吃力归吃力，下点笨功夫，还是能凑合。他的一手小楷帮了大忙，大家看了，都说他家学渊源，书香门第出来的就是不一样。

这事弄得素素有些歉意，过去多少年，她与张左很少接触，随着张希夷名声越来越大，打交道也越来越多。在张希夷晚年，张左和素素作为张希夷的家属，做事基本上都是围绕张希夷。素素成了张希夷的专职秘书，跟老先生有关的事都要管，都得过问。张左略好一些，只是阶段性地参加一些活动，筹备一些会议，做一些事务性工作，主要还是编书，为张希夷的著作分门别类。张希夷一生中涉及的学问太杂，他当年在干校翻译的以赛亚·伯林的《卡尔·马克思》手稿，竟然也被发现了。徒子徒孙很兴奋，一个学生自告奋勇，愿意把它整理校对出来。以赛亚·伯林前些年刚过世，是当代西方著名思想家之一，国内知道的人并不多，张希夷能在“文革”中就注意到他，就翻译他的著作，真是不容易，太不容易了。

*

张希夷在张左心目中，变得越来越神秘，越来越高大，也越来越陌生。张希夷渐渐成为一个现象，成了一门学问，他的学生把他塑造成一尊神像。吹捧和宣传还是有用的，张希夷的一名弟子做总结，说我们导师这一生思想上是自由的，厉害就厉害在想成为什么样的杰出人物，能够做到绝对的自由，随心所欲。换句话说就是，张希夷有那个能耐，想成为什么样的人，想在哪方面做出成就，都可以做到。学术已经被他打通了，他是古典诗人，他是考古学者，他是古文字专家，他是书法家，他是南北朝历史研究的绝对权威，他是翻译家，他有思想，他在很多方面，都足以成为我们的楷模。

离婚后的张左形单影只，老婆没了，儿子在英国念书。下班回家，孑然一身，除了看电视，还是看电视。那段日子，正好开始流行DVD，张左收集了许多盗版碟。主要是欧洲电影，还有一些色情片，也就是所谓黄色影碟。卖碟片老板知道他的爱好，每有新碟，会向他隆重推荐。过去小卞在，经常骂张左下流，她害怕儿子会看到这些东西。现在反正没人管了，想怎么看就怎么看，担心邻居听见，又专门配了一副无绳耳机。随着张希夷名声越来越大，张左难免自惭形秽，觉得自己越来越没出息。

张左与吴姨母女的关系，也大大改善了。张希夷生前立了遗嘱，他死后，收藏的名人字画，古书善本，以及自己手稿，统统要捐献国家。多少年来经济都是吴姨一手控制，她并不担心张左会跟素素争遗产。张希夷发过话，他的房子以后要留给素素，因为她对他照顾更多。社会上房改已开始，大学教师的房子暂时不参加，只有居住权。晚年的吴姨经常会想到要关心张左，张左离婚后，家里没人收拾，她便让家中的保姆小聂，每周半天去张左那里，帮他把房间收拾一下，好在他住得也不远。

小聂来自南京郊区，与素素同岁，人高马大，很健壮，相貌也就那样，挺普通的那种。通常是周六下午，过来里外收拾一通。或许因为孤男寡女，张左有时也会产生不健康的念头，怀疑吴姨派小聂来，有些别有用心。但是他不敢出格，至多就是把色情DVD碟片东一张西一张乱放，这么做非常猥琐，通过碟片盒上封面图片，小聂应该知道那是什么。张左很想知道她看了这些碟片后，会有什么样的反应，当然只是这么乱想，没胆子深入。有一次，挑了部有裸体镜头的欧洲艺术片，故意在小聂打扫卫生时播放，电视上女主人光着身子走来走去，小聂看到了，立刻停下手上的活，很认真地跟着张左一起看，看完了，若无其事继续干活。她若无其事，张左心里却咚咚乱跳。

张左知道自己不仅猥琐，有贼心没贼胆，而且还假正经。他从来都不是争强好胜的人，从没想过要与不同父不同母的姐姐素素争什么。眼见调动就要成了，活生生地被她挤掉了位置，张左也没觉得怎么样。他没有一点记恨，如果要考虑照顾张希夷，素素确实也比他更合适。素素比张左更像是张希夷的亲生骨肉，或许自小不在一起，张左始终觉得张希夷这个父亲难于接近，除了见面喊一声，平时是能躲就躲，能不喊就不喊，素素不一样，她叫爸爸叫得非常亲热。

儿时印象一辈子都不会忘，张左对素素有种特别的好感，真心希望有个像她那样的姐姐。他小时候一直以为素素就是自己亲姐姐，外婆喜欢骗人，说张左不乖，不听话，所以爸爸妈妈就不要他了。素素说她也遇到过同样威胁，吴姨和张希夷结婚时，她还小，还没有记忆，只知道自己有个弟弟，因为调皮不听话，就搁在外婆家了。吴姨警告她，如果不听话，也要把她送外婆家去。张希夷很喜欢素素，对她就像亲生女儿，知道他不是自己亲生父亲，那也是后来的事，这事曾让素素很伤心。

在张希夷晚年，张左和素素因为工作关系，经常要碰面。小时候，素素是姐姐，当然要比张左个子高。后来才发现，她其实很矮，非常矮，比他矮一个头都不止。与张左的性格内向不同，素素生得小巧，为人雷厉风行，说一不二。她酒量非常大，自称从来没醉过。俗话说女将上场，必有妖法，都知道她能喝，别人轻易也不敢跟她喝。她呢，仗着自己酒量好，经常在酒桌上逞能。张希夷八十岁寿宴，弟子中有一位能喝酒的不服气，说是想与师妹见个底，看看究竟是谁能喝。喝到最后，这位弟子钻到桌肚底下去，吐得到处都是。

素素最后也出过洋相，能喝的名声在外，迟早都会翻船。一晃又是十年，张希夷的一位弟子评上了博导，一定要请帮过他忙的人喝酒。选择的时间是在学术道路回顾周结束之际，会已经开了好几天，很多人离开了，剩下的都是具体办事的。这位弟子说，好吧，我要请的就是你们这些办事的人，筹备这么一个活动不容易，我一定要请你们喝酒。于是就喝，大家确实也累了，学术道路回顾周办得很成功，参会者一致叫好，张希夷的弟子之一，参会的一位省领导倡议，以后类似的活动，最好每年都能搞一次，这样的聚会很有意义。

那天剩下的也就一桌多人，买单请客那位，徐丽华，张左，素素，还有几个在读的张希夷学生的学生，有男有女，加上山庄两位副老总。中午喝过一轮，请客的那位特别能闹酒，盯住素素不放，说我知道师姐酒量，今天一定要跟姐姐好好喝。给人感觉是早就喝高了，一会儿师姐，一会儿姐姐，一会儿又喊起了吴姐，颠来倒去乱叫，说你干吗是吴姐，不是张姐。素素不把他的酒量放在眼里，说我姓吴，跟我妈姓，你当然应该叫我吴姐。没想到这是个越喝越清醒的家伙，一开始，他老是要说，我不行了，今天真不行了，素素还跟他说笑，说男人不能说自己不行，不行也要说行。喝到最后，真正不行的是素素，素素喝高了。

这可能是素素平生第一次喝醉，是大醉，她不承认自己喝多了，一个劲地说没事。本来说好要与徐丽华一起连夜赶回南京，看她走路东倒西歪，徐丽华便说还是在山庄再住一夜吧。开回南京要三个小时，徐丽华怕她在路上会吐，让张左留下来陪她。山庄副老总立刻表态，说这没问题，房间反正都是空的，就安排老先生住的那间豪华套房，我们明天派专车送好了。素素便闹，嚷着非要一起走，她越是要闹，嚷得越凶，徐丽华越是不敢让她走。结果一辆面包车把大家都拉走了，剩下素素和张左姐弟，加上两个女学生。

面包车刚离开，素素就吐了。她依然觉得没什么事，说吐了就好，吐了就轻松了，说真还从来没吐过。张希夷住过的豪华套房确实够气派，有两个卫生间不说，大沙发大电视，竟然还有小书房。素素依然疯疯癫癫说自己没事，拉着副老总的手要聊天，引得两位女学生不住地暗笑。张左也是第一次看素素这样，站都站不稳了，说话颠三倒四。终于副老总找到了借口脱身，说我有点事，一会儿再来吧，或者这样，有事你们打电话给我。副老总走了，素素对两位女学生说，哼，他是骗我，以为我不知道，他不会来了，你们也走吧，我没事，有我弟弟陪就行，你们走好了。

说着站起来，作势要轰那两位女学生走，刚站好，又跌坐下去。然后就是想吐，张左赶紧扶她去卫生间，两位女学生也跟着一起照应。到了卫生间，素素仍然说我没事，没事，憋了一会儿，又翻江倒海吐起来。这次吐得有些难受，坐在地上，抱着抽水马桶，折腾了半天。终于平静下来，对两位女学生说，不好意思，吓到你们了，其实我没事，我好了，你们走吧，我没事了。两位女学生早就被她闹得吃不消，听她这么一说，也不客气，说吴老师你要没事，我们就真走了，有事给我们打电话。

素素吐的时候，张左也不知道怎么帮忙，只能一直帮她揉背，一把一把给她搓毛巾，换毛巾。她坐在地上不能起来，一动就吐，吐到最后，竟然趴着马桶沿要睡着。张左说我抱你到床上睡，素素说好吧，到沙发上去躺一会儿。于是张左就将她抱起，她死死地勾住他脖子，说想不到你还有点力气。到沙发上，素素又没了睡意，人也清醒多了，闻了闻自己，说不行，我得洗个澡，身上难闻死了，必须得洗，要洗一洗，去帮我放一浴缸热水。

张左去为素素放热水，一边放，一边担心，怕她会跌倒在浴缸里。水放得差不多，素素洗澡。张左打开电视，一边看电视，一边胡思乱想。担心她洗澡时睡着，浴缸很大，弄不好会淹死人。因此隔一会儿，张左便到浴室那边去敲门，问候一声。素素回答说没事，看来是真没事，泡了一会儿，开始改洗淋浴，哗啦啦的冲水声。再过一会儿，她穿着浴衣，湿漉漉摇摇晃晃走了出来，跌坐在沙发上，与张左一起看电视，身上依然带着酒气。张左先以为她没穿内衣，瞄了一眼，不由得心惊肉跳，忍不住又瞄几眼，弄明白了，原来是一条黑色内裤。电视里正在播放情感类综艺节目，素素很吃惊，说你怎么喜欢看这种节目，真是没有档次，其实张左平时从来不看这个。

通往父亲之路

张希夷直到九十八岁，才真正显露出了老态，开始老态龙钟。他令人惊叹的记忆，开始出现了严重问题。这一年，张左正好六十岁，说起来也是年过花甲，可能是老父亲还在的缘故，他似乎感觉不到自己正在衰老，虽然办理了退休手续，张左的实际工作状态并没有改变。张希夷的书还是他在编，编不完地编，他属于返聘性质，工资还是和原来一样，还是要上班，还是原来的那张办公桌。

变化只是张左当了爷爷，两年前就当上了。张卞结婚了，娶了个英国的混血女孩，祖上有黑人血统，还有拉丁人和斯拉夫人的血统，皮肤有点黑，人很漂亮，非常像一位电影明星。张卞去英国之前，一直都是张左在照顾，儿子去英国读高中，张左刚开始很不习惯，总觉得生活中少了什么。再后来，他终于习惯了一个人，一个人自由自在，也没什么特别的不好。中途和小卞一起去英国看过一次儿子，儿子回国，也过来看过他。现在，有孙子的感觉十分奇特，小孩出生后，张卞给他传过照片，张左想象不出这孩子长大，会是什么模样。他可能是有些返祖，既不像张卞，也不像母亲，比他妈黑得多，完全像个小黑人，张卞夫妇给他取了个英国王子一样的名字，叫查尔斯。

张左带着回国的儿子和英国媳妇，抱着小孙子查尔斯，一起去看望张希夷。张希夷一会儿清醒，一会儿糊涂。素素大声地告诉张希夷，这是他的重孙，他老人家当老太爷了。张希夷便很认真地问什么是重孙，谁的重孙，这外国人是谁呀。大家都笑，素素让小查尔斯开口叫太爷，小家伙不会说中国话，用英文叫张希夷，张希夷一听到英文，立刻来劲，竟然也用英文与小查尔斯对起话来。大家都说了不得，太厉害了，老爷子的英文真棒。

素素叹了一口气，说：

“唉，完了，我们家外语都不行，就老太爷能和小查尔斯说话。”

张卞一时不知道查尔斯应该怎么叫素素，素素说：

“叫什么，叫姑奶奶！”

这时候，吴姨过世也好几年，保姆小聂还在，不过也可以算是老聂了。除了她，还有一位中年男护工帮着照料张希夷。房子足够大，张希夷又分到了一套院士和副省级干部享受的住房，二百多平方，离张左与素素住的地方都不远，他们要过来还算方便。当然，素素对老爷子的照顾，肯定要更多一些，她远比张左更负责任。

过去二十年里，张左所做的一切，都与张希夷分不开。但是对张希夷还是会有那种陌生感，那种陌生感与生俱来，好像永远不会改变。他们在一起，常常找不到话说，张左觉得张希夷距离别人更近，距离素素和他的学生，要比他这个儿子近得多。张左觉得他与张希夷始终隔得很远，不知道儿子张卞与自己，张卞的儿子小查尔斯与张卞，是不是也有同样感觉。通往父亲的道路太漫长，张左发现他从来就没有真正走近过张希夷，有时候走得越近，感觉越远。张左现在只剩下一个身份，这就是国学大师张希夷的儿子。与父亲有关的书编得越多，他越觉得不了

全家福

解张希夷。

最后是拍照和录像，除了张左，除了张希夷，大家都用手机不停地拍。张希夷颤颤巍巍坐在轮椅上，提出要抱着查尔斯认认真真照张相。素素便把小查尔斯抱到张希夷膝盖上，张希夷搂着查尔斯，查尔斯因为害怕，怕摔下来，也搂着张希夷，紧紧地搂着。一时间，站在父亲身后的张左，感到了一种从未有过的亲切，他印象中，父亲从未这么抱过自己，也从未这么抱过张卞，他们父子从未有过这样的待遇。

负责拍照的是小聂，她的头发也都已经开始花白了，兴高采烈地让大家看着她的镜头，扯开嗓子，大喊了一声：

"茄子——"

2020年5月12日　三汊河